講談社文庫

明日は、いずこの空の下

上橋菜穂子

講談社

もくじ

明日は、いずこの空の下

駆《か》けるシスター

颯爽《さっそう》、という言葉を聞くと、私はいつも、ひとりの老女を思いだします。

スコットランドはエディンバラの薄青い空の下、激しく行きかう車の群れが途切れた、その一瞬に、黒い修道服を翻《ひるがえ》し、私の手を摑《つか》んで駆《か》けだした、彼女の姿を。

私が十七歳だった夏のことです。

当時の私は、およそ、女子高校生と聞いて思い浮かべるような思春期の匂《にお》いたつ娘ではなく、小学生と間違《まちが》えられてもおかしくないような、メガネのおチビでありました。

幼くて、幼くて、同級生が生身の人間に恋《こい》をしていたとき、私は、イギリスの児童文学に恋をしていました。

でも、いま思えば、その幼い恋こそが、やがて私を、作家と学者の二足の草鞋《わらじ》を履く道へと導いてくれたのです。

　当時、私の心を激しく揺《ゆ》さぶっていた物語のひとつに、ローズマリ・サトクリフが書いた一連の歴史物語がありました。ローマ帝国の属州として支配されていた古代のイギリス——風吹きすさぶ北の地で生きた人々の、その吐息《といき》や足音さえ感じられるような物語に、私は深くのめりこんでいたのです。

　読んでいる間は、主人公たちと共に、命を燃やして必死に生きているのですが、本を閉じたとき、いつも、心に浮かんでくるのは、ああ、もう、この人々はいないのだな、という思いでした。

　これだけ悩み、必死に生きた人々も、もう遥《はる》か昔に、滔々《とうとう》と流れ行く時の大河に溶《と》けて消えさったのだ。

　生まれ、生き、そして死ぬ。そのことの、あまりの儚《はかな》さに私は怯《おび》え、生の虚しさを否定できる何かを見つけたいと、激しく願ったのでした。

私は、物語の中に息づくイギリスの、どこか荒々しいものを秘《ひ》めた豊潤さにも、心惹かれていました。

　そんな夢見る乙女（？）の前に、ある日、ニンジンがぶら下がったのです。それは、当時私が通っていた香蘭《こうらん》女学校が企画した、英国研修旅行でした。

いななく代わりに、私は両親にすがりついて、鼻息荒く、「行かせてくだされ〜！」と頼みこみました。

当時の両親には物凄く痛い出費だったはずですが、ふたりは「おお、行っておいで」と快諾してくれました。

私の両親は、トンデモナイ部分が多々ある人たちですが、私が海外に飛びだしたい、と願ったとき、ただの一度も止めたことがありません。でも、いまから思えば、さぞかし心配だったことでしょう。

心臓に小さな問題を抱えて生まれてきた私は、とにかく身体《からだ》が弱く、ちょっと疲れるとすぐ風邪をひき、肺炎になってしまうような娘でしたから。

その上、極めつきの方向音痴《おんち》で、目的地の方向を指差したとき、弟と腕がぶっ違いになり、「どうやったら、九十度なんて微妙な方向に間違えられるんだ？」とあきれられたものです。

デパートに入って買い物をして、入ったのと違う口から出たら、もう、来た道がどちらを走っているのか分からない。

自分で「誤った直感」と呼んでいる勘に従って、こっちだ、と思って歩きはじめると、大概《たいがい》、九十度ぐらいずれていて、「うにゃ？　うにゃ？　こりゃまた、見たことがない所に出ちゃったぞ？」と心の中でつぶやきながら途方に暮れる。

生まれ育った東京でさえ迷宮状態の私ですから、世界各地、行く先々で道に迷い、そのたびに、もう日本に帰れないいんじゃないか、と、どきどきするはめに陥《おちい》ってきました。

異国の地の、黄昏《たそがれ》の路地で迷う、というのなら、なんとなくロマンチックな感じもしますが、オーストラリアの砂漠のど真ん中で方角が分からなくなったときは、ほんとうに死ぬんじゃないかと怯えたものです。

勇んで飛びだした英国研修旅行でも、自由行動を許されたあちらこちらの街で迷ってしまい、友だちと一緒のときはともかく、ひとりで買い物などしようものなら、もう、ここはどこ、私は誰、の哀しきエトランゼ。

そんなに迷うなら、ひとりにならなければいいようなものですが、当時は外国に行くというのは一大事で、一生に一度のことかもしれないと思っていましたから、イギリス児童文学に登場する様々な民族文化に惚れていた私は、どうしてもバグパイプが欲しくて、エディンバラでも、ほかの物を買いたかった友だちと別行動をすることになったのでした。

バグパイプを売っているお店を見つけるのはさほど難しいことではなかったので

すが、本物の、大人が演奏するバグパイプは目玉が飛び出るほど高く、下手な英語さえ口から出ずに、うう、うう、唸っているだけの日本人の娘を憐れんで、そのお店の店長さんの息子が、子どもの練習用だという小さなバグパイプを売ってくれました。

そのときのうれしさは、忘れられません。バグパイプさながらに膨らんだ胸に、大きなバッグを抱《だ》っこして、彼らにお辞儀をし、さて、ホテルへ帰ろうと道に出たのですが……自分がどちらから来たのか、分からなくなっていたのでした。

なんの、ここは大都会だ。この道を歩いてきたのは間違いないのだし、歩いてみて、見覚えがない所ばかりだったら、戻ってきて、逆さまに行けばいいや、と覚悟を決めて歩きだしたのですが、あ、ここだったかも、と、かすかに見覚えがあるような気がした角を曲がったのが「誤った直感」の罠《わな》で、気が付いたときには、もう、もとに戻ることすらできない混乱に陥っていました。

そういうときの、途方に暮れる心細さは、いまこうして書いていても、ひんやりと胸を刺すほどで、頭はしびれ、心臓はどきどきして、冷や汗が噴き出て……。

そんなとき、道の向こうから、ひとりの修道女がやってきたのです。

当時の私には随分とお年寄りに見えましたが、足早に歩いておられましたから、もしかすると、六十代の後半ぐらいだったのかもしれません。

修道女なら大丈夫、絶対悪い人じゃない。変な所へ連れて行かれることもないだろう、と思って、必死で駆け寄って、

「エクスキューズ・ミー、シスター!」

と、声を掛けたのでした。

小さな、アジア系の娘にいきなり声を掛けられて、さぞびっくりしたでしょうに、彼女は驚いた風もなく、じっと私を見つめて、たどたどしい英語を聞いてくださいました。

真っ白な布に縁取《ふちど》られたそのお顔は優しくて、話しているだけで、飛び跳ねていた心臓は静まっていきました。

ん、ん、ん? と、うなずきながら、ホテルへの帰り方を教えてほしい、という私の願いを聞き終わった彼女は、深くうなずき、ひと言、

「あなた、英語、下手ね」

と、おっしゃいました。

え、もしかして、まったく通じていなかった? と、愕然《がくぜん》とした私に微笑《ほほえ》んで、

「大丈夫。私と一緒に行きましょう!」

と、おっしゃったのでした。

穏《おだ》やかな、おばあちゃん然とした外見からは想像できないほど、彼女は果断な人でした。

きっぱりと足早に進み、びゅんびゅん車が走っている大きな道路で、信号機が赤でも、車が一瞬途切れたとたん、私の手を摑んで、

「さあ、行くわよ！」

と、駆けだすのです。

エディンバラの街をどんどん駆《か》け抜《ぬ》けて、彼女は私を見事にホテルまで連れて行ってくれました。そして、お礼をいう暇《ひま》さえ与《あた》えずに、にこっと手をあげて、去って行ってしまいました。

三十年以上も前のことです。彼女は、もうこの世にはおられないかもしれません。でも、いまもなお、私の心の中には、彼女の姿が焼き付いています。

石畳《いしだたみ》の路《みち》に靴音《くつおと》を響《ひび》かせ、黒い修道服の裾《すそ》を翻して、颯爽と駆けて行った、その姿が。

流れ、過ぎ去って行くすべての中にも、小さく輝《かがや》く欠片《かけら》がある。

そう思わせてくれた姿でした。

Chie Goto

時ありき

ファンタジーと聞くと、私は深い静けさを感じます。果てのない野に吹き渡る風、底のない深淵、妖《あや》しく美しい光、遠い空の彼方《かなた》へ渡っていくもの。夜の底にぽつんと灯《とも》る懐かしい窓辺の灯火《ともしび》を。

そして、その、どの風景の中にも、静かな、深い、哀《かな》しみがあるのです。

『指輪物語』や『ナルニア国物語』、『ゲド戦記』で、私は遥かな世界を旅し、『トムは真夜中の庭で』『時の旅人《たびびと》』『グリーン・ノウの子どもたち』で過ぎゆく時、限りある時を生きる人の営みの、歓《よろこ》びと哀しみを知りました。

いま思えば、私はとても幸せな子どもだったのです。

冬の夜、小さな電気ストーブで足を温めながら、夢中で読んだ物語の数々は、居ながらにして、私を、見たことのない、遥か遠いところへ、そして、遠い昔へと連れて行ってくれたのですから。

ほんとうに優れた物語は、物語であることを感じさせません。

いつの間にか私は異国の館や、緑の木陰《こかげ》にいて、馬の匂いや息づかいを感じ、歓喜に胸躍らせ、身に沁《し》み渡る哀しみを抱えて歩いているのです。

そして、本を閉じると、深い水の中から浮かび上がってくるように、つかのま、目の前が揺れ、壁に貼ってある学校の時間割りが奇妙な物に見えて、ぼうっと見つめてしまう……。

なぜ、物語は、こんな力を持つのだろう？　どうすれば、こんな圧倒的な力を持つ物語を紡げるのだろう？

家族が寝静まった深夜の部屋で、静かに赤く光るストーブに冷えた爪先をかざしながら、分厚い本に手を置いて、私はいつも思っていました。――こんな凄いことを、いつか、私はできるようになるだろうか、と。

できますよ、と、言ってくださった方がいました。

「大人になり、様々なことを経ても、まだその夢を強く持ちつづけているようなら、あなたはきっと作家になれます」――大きな手で私の手を握り、そう言ってくださったのは、私が大好きだった『グリーン・ノウの子どもたち』の作者、ルーシー・M・ボストンさんでした。

クリスマス休暇を大おばあさんの館で過ごすことになった少年が、十二世紀に建てられたグリーン・ノウという古い館で、かつて生きた子どもたちと、ふっと出会う……。現在の館と、かつての館の暮らしが静かに重なる『グリーン・ノウの子どもたち』という物語は、十代の頃私が愛していたタイム・ファンタジーのひとつでした。

翻訳者の亀井俊介《かめいしゅんすけ》氏の後書きで、作者のボストンさんはご自身が暮らしているケンブリッジ近郊のマナーハウスを舞台にこの物語を書いたのだと知ったときは、びっくりして、何百年もの時を経ている館に住むのは、いったいどんな感じなのだろう、と思ったものです。

そのときは、まさか、自分がそこへ行く日が来ようとは、夢にも思っていませんでした。

ところが、です。我が母校、香蘭女学校が企画した英国研修旅行のコースに、ケンブリッジが入っていたのでした。

ケンブリッジに行ける！　ちらっとでも、ボストンさんのマナーハウスを見ることはできないものだろうか？

私はあなたの物語の大ファンです、何月何日にケンブリッジに行くので、遠くからでも、グリーン・ノウを見てみたいです、というお便りを書いたら、このあたりよ、と教えてくださったりしないだろうか……。

いま思えば、なんと幼かったのだろうと恥ずかしくなりますが、私はほんとうにボストンさんにお便りを書いたのです。といっても私は英語が大の苦手で、とてもとても英語で手紙など書けるはずもなく、長くイギリスにいて帰ってきたばかりだった、心優しい同級生のニシコに頼みこんで翻訳してもらったのですが。

彼女のお陰で、その便りは無事にイギリスに届き、ちゃんとお返事もいただきました。そこには、なんと、「その日なら家にいますから、ぜひいらっしゃい」と書いてあったのでした。

狂喜乱舞し、天に舞いあがった私は、お便りの最後の一行を読んで、地に落っこちました。――「あなたのライティングは、とても良いですね」と、書かれていたからです。

先生、大変なことになりました！　と、私は研修に同行してくださる英語の先生に泣きつきました。英語能力を詐称《さしょう》して、手紙を書いちゃいました！　いざお目にかかって、香蘭女学校の高校生はこんなに英語が下手なの？　と、思われたら学校の名誉に関わっちゃいます！　などと、訳の分からない説得をして先生を巻きこみ、英語の先生が通訳という贅沢《ぜいたく》な状況を獲得したのでした。

親友のマルキとブンブン、そして、快く通訳になることを承諾してくださった先生と四人で伺ったグリーン・ノウは、緑色の川の脇にありました。

チェスの駒の形に刈り込んだイチイの木が並ぶ緑の庭の向こうに、その館は、静かに佇《たたず》んでいました。

少し歪んだ壁に支えられ、屋根にのんのんと雑草を生やし、暖かい陽射しのもとで、のんびりと目を細めている老人のようなその館から現れたボストンさんは、灰色の髪をなびかせ、ズボンのポケットに両手をつっこんで、すたすたと歩み寄ってくると、豪快に笑いながら、大きな手で、ふわっと包むように握手をしてくださったのでした。

当時、彼女は八十七歳。でも、そんなお年にはまったく見えませんでした。『イギリスは愉快だ』で、林望《はやしのぞむ》さんが、このマナーハウスに下宿されたとき、ボストンさんは九十一歳で、それでも「八十近い歳かな、としか思わなかった」と書いておられますが、ほんとうに、内側から潑剌《はつらつ》とした生気が溢れ、老いを感じさせない方でした。

異国からはるばる訪れた小さな高校生を導いて、彼女は、イチイの木で作った緑の鹿や、十九世紀の木馬など、物語の中で描かれていた様々なものを見せてくださいました。

主人公の少年トーリーが過去に生きた馬フェストウの鼻息や温もりを感じた厩《うまや》や、過去の時代の少年が吹いていたフルートなど、物語にでてくるひとつひとつが、つぎつぎに目の前に現れてくる、その不思議……。

やがて、昼下がりの光がたゆたっている、小さな部屋へ導いてくださった彼女が、石造りの壁に刻まれた文字を指差して、「これはルーン文字よ」とおっしゃったとき、私は、胸がしびれるような感覚をおぼえたのです。

ここに、数百年も前に、立っていた人がいる。多分、ちょっと首を傾《かし》げながら、鏨《たがね》でこの文字を刻んでいた人が。――その一瞬に、私の心に押し寄せてきたのは、人の暮らしの塊《かたまり》でした。この家に、この壁に、その時々に生きた人々の暮らしが、幻のように見えた気がしたのです。

そうか、ファンタジーはこうして生まれるのだ、と、思いました。目の前にある壁が、ふいに、物としての壁ではなく、人の暮らしが沁みこんだ何かに変わる。それも、数百年の時の中で、連綿と重ねられてきた何かに。

いま、ここにあるものの奥に、人は様々なものを見ている。見たこともない人の暮らしを、想うことができる。壁は、ただ壁であるだけではない。「現実」とは、きっと、こういう想いを含んだものなのだ。そして、ファンタジーは、そういうすべてを塊で掬《すく》い上《あ》げることができる大きな器なのだ、と。

このとき、昼下がりの光があたっている壁を見ながら、私はようやく、私が愛するファンタジーの底に、なぜ、いつも哀しみがたゆたっていたのか、その訳を知ったのでした。

ミルクをひと垂らし

十七歳の夏に、『グリーン・ノウの子どもたち』の作者、ルーシー・M・ボストンさんと出会った話を書いたら、編集者さんに、「印象に残ったボストンさんの言葉など、お人柄が分かることをもっと聞かせてください！」と、頼まれました。

そう言われたとき、ぱっと頭に浮かんできたのは、なぜか言葉ではなくスクランブルエッグで、我ながら、自分の食いしん坊ぶりに赤面してしまいました。

スクランブルエッグといっても、ボストンさんのお宅でご馳走になった、というわけではありません。彼女に迎えられ、その大きな手でふわっと握手されたとき、「あ、スクランブルエッグ！」と、思ったのでした。

ふうわりとやわらかく、温かい、スクランブルエッグ。

イギリス児童文学が大好きな方なら、『ツバメ号とアマゾン号』のキャンプでの最初の夕食を思いだすかもしれませんね。私もあの場面が大好きで、繰り返し読んでは、ああ、おいしそう！　と、思わず笑顔になっています。

物語の中に登場する食べ物のシーンについて語れと言われたら、私はきっと、一晩中でも語りつづけられるでしょう。『小公女』で描かれた、屋根裏部屋での魔法のような夕食風景。サンドウィッチとスープでも、物語の中で描かれていると、おいしそうに思えるのが不思議です。

高校の研修旅行で初めてイギリスに行ったとき、私は、その朝食の素晴らしさに感動しました。よく言われますね、イギリス料理は不味《まず》いから、朝食だけ三回あればいい、と。

パンケーキの朝食でもなんでも、日本に居ながらにして食べられるようになった現在では、そうかなあ？　と思う方も多いかもしれませんが、『E．T．』を観て、アメリカの子どもたちがピザを宅配してもらっていることにびっくりした世代の私にとっては、初めて食べた本場のイングリッシュ・ブレックファストはほんとうにおいしく感じられたのです。

ひと房《ふさ》、ひと房の袋まで綺麗に剝《む》かれて、すくって食べれば良いばかりになっていた汁気たっぷりのオレンジやグレープフルーツ。香ばしいトースト、コクのあるバター、様々なチーズ……。友だちと大喜びではしゃぎながら、お皿に山盛りにして食べたものです。

その中で、何より驚いたのが、スクランブルエッグのおいしさでした。

私の母は、よくキュウリをスライスし、いり卵と合わせてマヨネーズで和《あ》えて、サンドウィッチを作ってくれました。私はこれが大好きでしたし、いまでもおいしいと思います。でも、イギリスで食べたスクランブルエッグは、私がそれまで知っていた「いり卵」の味とは、似て非なるものだったのです。

十分火が通っているのに、ふんわりしていて、黄身のやわらかいコクがまだ残っている。バターの良い香りがして、これをカリカリの塩っからいベーコンとともに食べるおいしさときたら！

きっとバターをたっぷり使っているから、こんな味になるのだろうと思って、日本に帰ってから、勇んで家族に作ってあげたのですが、なぜか、ふんわり感が足りず、がっかりしたのを覚えています。

ミルクをひと垂らしするという、ごく小さなことが大切だと知ったのは、随分後のことでした。

初めて訪れたイギリスでは、とろけるほどおいしかった朝食だけでなく、目玉が飛び出るような衝撃的な味の体験もしました。

それは、ラズベリー。お皿に、こぼれんばかりに積み上げられた、つややかな赤いラズベリーでした。

私はクリスチャンではありませんが、我が母校、香蘭女学校は、立教《りっきょう》大学と同じ聖公会《せいこうかい》系のミッション・スクールで、「セント・ヒルダズ・スクール」という英語名があります。

その名前の元となった聖ヒルダの修道院を訪れて、一夜を過ごすという貴重な体験をさせていただいたのですが、石造りの修道院の、使いこまれて真ん中がへこんだ寝台で眠ったことや、「これから朝までは〈大沈黙〉です。絶対におしゃべりをしないように」と書いた紙をもって、先生が暗い廊下を歩いてきたことなど、様々な思い出を圧して、ひと際心に焼き付いているのが、修道女の方々が異国の少女たちのために、わざわざ摘んできてくださっていたラズベリーでした。

当時、ラズベリーを口にしたことのある日本人は、そんなに多くはなかったでしょう。私はもちろん食べたことがなくて、クランベリー、ブルーベリー、ハックルベリーなどという名前が物語に登場するたびに、ああ、食べてみたいなぁ、と夢見ていたのでした。

その夢が、いま叶う。目の前に、赤く輝くラズベリーの粒がある！　「さあ、召し上がれ」と、穏やかな声で促《うなが》された私たちは、競うように手を伸ばして、その赤い粒を口に入れたのでした。

次の瞬間、全員が沈黙しました。

ぐ、ぐ、と喉を鳴らし、目を見開き、冷や汗を垂らしながら。——口がひん曲がるほど酸っぱかったのです。その酸っぱさたるや、大袈裟《おおげさ》ではなく、額がしびれるほどでした。

しかし、にこやかに私たちを見つめている修道女さんたちの前で、彼女らが心をこめて摘んできてくださったラズベリーを吐きだすわけにもいかず、私たちは黙々と、涙を鼻の奥で飲み込みながら、その赤い実を食べたのでした。

野で実ったラズベリーの野性味豊かな酸っぱさは、修道女さんたちの微笑みとともに心に深く刻まれています。

あのラズベリーが甘かったなら、きっと、こんなに鮮やかな記憶にはならなかったことでしょう。何かを食べるという、ごく当たり前の行為が、ときに、とても豊かで印象的な思い出を生むことがあるのですね。

十代の頃に出会い、その後の私の人生を大きく左右した作品のひとつが『指輪物語』なのですが、この壮大な物語の中でも、食べ物は大きな役割を果たします。

主人公である指輪の担い手、フロドに、最後まで忠実に付き添っていく従者であるサム。イギリスの頑固で保守的な庭師の気風をたっぷりと持っている彼は、なんと、鍋を担《かつ》いで冒険の旅に出るのです。

映画『ロード・オブ・ザ・リング』では、華やかな戦の場面の添え物程度にしか扱われなかった食事の場面ですが、原作では、苦難の旅を行かねばならないホビットたちの心を映すものとして、とても大切に描かれています。

サムが、背負っていた鍋を手放すのは、最後の最後。もう帰ることはないと悟って、すべてを捨てて火の山に登りはじめるときでした。

料理道具を手放すとき、サムは泣くのです。そして、主人であるフロドに、旅の途中で食べた、懐かしい料理のことを覚えているか、と尋ねるのですが、魔法の指輪を担いつづけて心がぼろぼろになり、人としての豊かな感情をほとんど失ってしまっているフロドは、「いいや、残念だけど覚えてないよ、サム」と、答えるのです。

数行のやり取りに過ぎません。

でも、この場面を読んだとき、私は、まだ「生きる」ということの大切な何かを残しているサムと、それが消えていきつつあるフロドの姿が、くっきりと浮かび上がってきたことに、胸を打たれたのでした。

ほんのひと垂らしのミルクが、スクランブルエッグを忘れがたい味にしてくれたように、小さなひとつの場面が物語の質を大きく変えてしまうことがある。

それを教えてくれた、一場面でした。

chieGoto

リンゴの香《かお》り

昨年、母が帯状疱疹《たいじょうほうしん》を患《わずら》いました。

ありふれた病気ですから、多くの方の身近に経験者がいるのではないでしょうか。私の周りでも、十数年前に父が患い、数年前には、『獣の奏者』を出版するために疲れ果てた（?）担当編集者さんが患い、みな、辛そうではあったものの、さほど大事《おおごと》にはならずに治ったのを見ていましたので、まあ、命に関わる病気ではないから……程度に思っていました。

ところが、今年八十になる母の症状は、そんな浅はかな思いこみを裏切る、とんでもないものだったのです。

喉から後頭部にかけて発疹《ほっしん》が出た直後に入院して集中的に治療を受け、心配性の私が予約を入れたペインクリニックで、早くから痛みの治療を始めたにも拘わらず、母は、その後数か月も、ひどい痛みに悩まされつづけました。

母曰《いわ》く、「棘《とげ》が生えた蟹《かに》の足が皮膚に長々と突き刺さっていくみたい」だったそうで、とくに初期は、激烈な痒《かゆ》みと痛みに数分おきに襲われ、そのたびに、堪《こら》えきれずに患部を掻きむしろうとする母の手を押さえねばならない状態が、長く続いたのです。

時計を見ながら、あ、今日は、痛みが来る間隔が、昨日より十分長くなった、などと、そんなわずかなことに、回復の兆しを見ようとしていた日々でした。

帯状疱疹は、とくに五十を過ぎた人が発症した場合、帯状疱疹後神経痛という恐ろしい慢性神経痛が長く(ときには数十年も!)続く可能性があるそうで、様々な書籍をあたって、その原因や治療法の現状を学びながら、こんな恐ろしい病気なのに、その恐ろしさを知っている人は、いったいどのくらいいるのだろう、と、暗澹《あんたん》たる気持ちになったものです。

子どもの頃身体《からだ》に入ってきた水疱瘡《みずぼうそう》のウイルスは、神経に潜んで静かに眠り、宿主の身体が弱った、と知ると、ふいに目を覚まして神経を食いはじめる。食われた神経は、激痛という信号を使って、大変だ、治してくれ！　と身体にＳＯＳを発する……。

最新の研究では、どうやら、痛み物質というのは神経の修復に必要なもので、モルヒネなどでそれを抑えると、修復が遅くなったという報告があるようですが、治すためとはいえ、痛みを感じる側にとっては、冗談じゃないよ！　一刻も早くなんとかしてくれ！　と、言いたくなるのが人情ってものでしょう。

その上、やっかいなことに、「とんでもなく痛かった」記憶は脳に残ってしまうことがあるそうで、これが、しつこく残ってしまう慢性の神経痛の原因のひとつなのだそうです。炎症の痛みより、記憶の痛みの方が難治性で、しつこく残るというのは、なんだか妙に示唆的ですよね。

幸い、母の場合は、ひよしペインクリニックの橘《たちばな》先生の適切な治療のお陰で、耐えがたかった激痛も、薄紙を剝ぐように、少しずつ、少しずつ消えていきました。

このクリニックは、駅のすぐ近く、商店街から、脇道に入ったところにあり、一見、ふつうの住宅のように見えるのですが、門をくぐって中へ入ると、緑の美しい庭が広がり、澄んだ、静かな明るさに包まれます。

クリニックの中も、実にさっぱりとしていて心地よく、庭に面した奥の部屋には低いベッドが並んでいて、やわらかい木洩《こも》れ陽《び》の中で、治療を受けた患者さんたちが、ゆっくりと休んでいます。

初めて訪れたときは、思わず、『遠野《とおの》物語』の「マヨイガ」――旅人が、山中で迷い、ふっと出会う、立派な御屋敷――を思いだしてしまったほどで、こういう所だからこそ、痛みに苛《さいな》まれる日常から、いっときでも離れて、安らげるのだろうなあ、と思ったものです。

そして、心から感動したのは、橘先生の診察方法でした。

痛みを訴えたい母の、長い繰り言に静かに向き合い、決して焦らせることなく、真剣に耳を傾けてくださるのです。

ちゃんと心から患者の方を向いている。しかし、患者の感情に入りこみすぎず、静かに、適切な距離を保っている。その程よい距離が、無言の安定感を生みだしている……。

「気の持ちよう」に深く関わる「痛み」の治療では、患者とのコミュニケーションの在り方が、きっと大きな意味をもつのでしょう。

薬や星状《せいじょう》神経節ブロック注射というような、身体への治療はもちろんのこと、痛みについて思う存分聞いてもらえたということが、母の辛さを随分と和らげて、快方へ導いていったのだと思います。

「痛みは、他人には分からないものです。ですから、どんな痛みを感じておられるのか伝えていただくために、十段階でいうと、いま、だいたい、どのくらいか、数で言ってみてくださいますか」と、先生がおっしゃっているのを聞きながら、私は、なるほどなあ、と思っていました。

　自分の痛みを、他者に伝えるのはほんとうに難しい。そして、他者の痛みを察することもまた、とても難しい。

　それは心の痛みも同じことで、分かりたいと願っても、探り出そうと問いかける言葉は、いつも、どこか微妙に的からずれていて、応える言葉もまた、どこか微妙に伝えられぬものを残したままで終わる……。

　友だちが何より大事だった十代の頃、私は、親友が何か深く悩んでいることを感じながら、なんの力にもなれないことで随分と悩みました。

　うちの母のように、痛い、痛いと大騒ぎできるタイプであれば、まだ、なんで悩んでいるのかを察することもできたのでしょうが、彼女は、自分の悩みに人を巻きこむことを良しとしない人でしたから、私は、ひとり静かに苦しんでいる彼女の周りで、ジタバタしていたのです。

　彼女は朗《ほが》らかな人でしたから、殊更《ことさら》、暗い顔をしていたわけではありません。あの英国研修旅行の間も、いつもどおり、くだらない悪戯《いたずら》をしては笑い転げ、めったに鬱屈《うっくつ》など、見せませんでした。

一緒に馬鹿騒ぎをし、悪ふざけをし、楽しく笑って旅を満喫《まんきつ》しているのに、薄青く風景が滲んでくる夕暮れどきに、ふと、彼女がいないことに気づいて捜しに行くと、ひとり芝生《しばふ》に寝転んで、暮れなずむ空を、ぼんやりと見上げていたりする。その孤独な姿が、いまも、目に浮かびます。

話してくれれば、と、何度も思いました。話すことのできぬ、形にならぬ鬱屈というものがあることを、心が幼かった私は、まだ、知らなかったのです。

私は、といえば、母と同じく、痛みに弱くて、苦しいこと、辛いことがあると、ついついそれを口に出し、慰《なぐさ》めてもらおうとしてしまう甘えん坊です。幼い頃から頭痛持ちで、ちょっと無理をすると、すぐに頭痛に襲われて、痛み止めを飲んで横になっていてもなかなか治らず、心細い思いをすることがよくありました。

英国を巡る旅も終わりに近づき、明日はいよいよ帰国便に乗る、という最後の日にも、私は朝から激しい頭痛に襲われました。

ハロッズで家族にお土産《みやげ》を買おうね、あの店に行ってみようね、と、親友たちと楽しい計画を立てていたのに、ホテルの部屋から出ることもかなわず、食事をとることすらできず、ひとり、ベッドに横たわって一日を過ごすことになってしまったのです。

ひとりきりで横たわっていると、ホテルの部屋はどこか空《うつ》ろで、よそよそしく、こんなときに自分を苦しめる自分の身体を恨みながら、悶々《もんもん》としていました。

昼過ぎに、思いがけず親友が帰ってきました。私の様子を見に、いったん戻ってきてくれたのです。

「ナホコ、頭痛、どう？　何か食べられそう？」

そう聞かれても、暗い顔で、無理、吐き気がする、と答えた私に、彼女は赤いリンゴを差しだしました。

「リンゴなら、食べられるんじゃない？」

手渡された、つややかなリンゴは、日本で見慣れたものより随分と小ぶりでしたが、一口齧《かじ》ると、胸がすくような、爽《さわ》やかな香りと甘みが、さあっと口中に広がりました。

鼻の奥から頭へと抜けていく、その香りとともに感じた幸せ。

分かること、分からないこと、伝わること、伝わらないこと——それよりも、ただ、人が思ってくれていることを知るだけで、痛みはこんなにも癒《い》やされるのだと知った、一瞬でした。

chie
Goto

雛《ひな》の安らぎ

「フレンチトーストって知ってる？　溶《と》き卵とミルクに浸《ひた》したパンをバターでトーストしてね、上に砂糖をふって食べるの」

高校時代、『クレイマー、クレイマー』という映画を観た友人からそう教えられて、その後、昼休みまでの授業中ずっと、ひたすらフレンチトーストのことばかり考えて、悶々としたことがありました。

女子高校生なのに、彼氏のことで悶々とするならともかく、焦げたバターの香ばしい匂いと、きっと、嚙むと、しゃりしゃりっとするであろう砂糖の歯触《はざわ》りなどを思い浮かべていた自分が、ちと哀しい気がしますが、でも、高校時代って、とにかくお腹がすきますよね。

男子校出身の相棒によれば、ほとんどの生徒が午前中の休み時間にお弁当を食べてしまい、昼休みには、学食でまたカレーライスなどを食べていたものだそうですが、女子校でも、休み時間にお弁当を食べちゃう人は珍しくありませんでした。

私も、午前中にお腹がすいて、すいてたまらなかったものです。

しかし、昼前にお弁当を食べてしまったら午後の空腹が耐えられないだろうな、と思い、早弁をしている友だちの脇を、うろうろと歩きまわっておりました。

「ああ、もう、目障りだなぁ、ナホコ！」などと言いながら、「ほれっ」と、卵焼きを一切れ口に入れてくれる、優しい友だちもいて、おっ、これはイケるかも！と思った私は、口を開けて、ぴぃぴぃと鳴きながら各クラスを回り、その芸を笑ってくれた心優しき友人たちに、きゅうりのキューちゃんや里芋の煮ころがしなどを恵んでもらっていたのでした。

書いていて、恥ずかしくなってきましたが、自発的に物乞《ものご》いをしなくても、私はなぜか、食べ物を恵んでいただくことがよくありました。そんなにいつも空腹で、物欲しそうな顔をしていたのでしょうかね。不思議です。

いや、しかし、たしかに、そういう雰囲気が、どこかに滲《にじ》み出《で》ていたのかもしれません。なにしろ、私の理想の暮らしは、「ホビット穴暮らし」ですから。

J・R・R・トールキンの『ホビットの冒険』（瀬田《せた》貞二《ていじ》訳・岩波書店）で、ホビットについて、「……ひとのいい顔つきで、笑う時はこぼれるような笑顔になります（ことにごちそうを食べたあとはにこにこです。ごちそうは、なるべく一日に二度食べます）。」と、書かれているのを読んだときには、これだ、と膝《ひざ》を打ったものです。

ぬくぬくと暖かい家にいて、本を読み、ご馳走を、なるべく、一日に二度食べる……これぞ、私の理想の生活！

しかし、こういう生活を愛していたホビットのビルボ・バギンズは、やがて、とんでもなくつらい旅に出て行くのです。

もともと、冒険に憧れながらも、実行にうつそうなどとは思っていなかった彼を、ほんとうに旅立たせてしまった強烈なひと押しは、ドワーフが自分を「靴ふきの上でもそもそしている小男」と評しているのを聞いたことでした。

これを聞いて、彼はにわかに、食べること寝ることよりも、勇士だと思われる方がいい、矢でも鉄砲でもこい！　と、燃え立つのです。——後で、さんざん、あのとき、あんな決意しなければよかったな、と、悔やむのですが。

来し方を振りかえってみると、私は、実に、ビルボによく似ています。

家にいよう、おいしい物を食べて、ぬくぬく寝ていよう……と思っている自分の背中を、ある日、突然、「こんなことしていて、一丁前の人間になれるか！」と、蹴飛ばす自分が現れるのです。

作家になりたい？　なにを、おこがましいことを！　甘ちゃんで、ろくに自分の足で立ったこともないのに、人様に読んでいただく意味のある物語なんぞ、書けるものか……そう、嘲《あざけ》る声が、いつも心の中で聞こえていました。

なんの、負けるもんか！　食べること、寝ることよりも、作家になる方がいい。経験が足りないなら、ひとり旅でもなんでもやってやる。

奮い立ったホビットさながらに、私は、ひとり異文化の中に飛び込み、一人前の大人として自分の足で歩くことを夢見て、文化人類学を学ぶ道に進んだのですが、最初に選んだ調査地は沖縄《おきなわ》の宮古島《みやこじま》で、ここはまあ、「過酷な旅」をするにはあまりにも、のんびりとした土地柄でした。

夏の陽射しに白く照らされた庭から、広く雨戸を開けっ放してある座敷を覗き込み、すみませ〜ん、と、遠慮がちに声をかけると、畳に寝っころがっていた老人が、むくっと起き上がって、私を見、自己紹介を聞き終えるや、「まあ、入れ〜」と、座敷に上げてくださる。

お昼の残り物だというご馳走を並べて、「まあ、食べれ〜」と、勧めてくださる。

バスで島の北側の集落に行く、と話すと、おばあが、「そんなら、これ、持って行って、途中で食べれ〜」と、大きなお弁当を渡してくださる。

いかん、いかん、私は厳しい経験をしに来たのだぞ、と思いながら、「あ、ありがとうございます」と、押《お》し戴《いただ》き、せめてものお礼にとお土産を買っていくと、それをまた一緒に食べることになる。

おじい、おばあたちに可愛がっていただいて、ハードな調査で痩《や》せるどころか、太ってしまい、愕然としたものです。

作家デビューを果たして、二作目の『月の森に、カミよ眠れ』という物語を書くために九州の祖母山《そぼさん》に取材に行ったときも、随分と「養われ」ました。

初めて乗った寝台車で、背中の筋を違えてしまったのですが、息をするのもつらい状態で宿に辿《たど》り着《つ》くと、宿の方は、青ざめている私を見て、自殺を警戒したのか、ちょっと眉をひそめ、「あら？　おひとりさまですか？」と、尋ねました。

「ひとりです。ひとりなもので、あの、すいません、寝違えちゃったんで、背中にサロンパス貼《は》っていただけませんか」と答えると、彼女は笑いだし、「そりゃ、災難でしたねぇ」と、優しくサロンパスを貼ってくださった上に、宿の夕食ができるまでのつなぎに、と、タッパーウェアを持ってきて、ご自分のお弁当の御《お》煮《に》しめを食べさせてくださったのでした。

地鶏と野菜を甘辛く煮含めた、その御煮しめのおいしかったこと!

翌日は、背中の痛みも消えて、すっかり元気になり、宿で作っていただいたお握りを持って、さて、このあたりの土地柄を見てまわろうとバスに乗ったのですが、これがまた、がらん、とすいていて、長々乗っていても、ほかにお客が乗ってこない。

なんだか、タクシー状態だなぁ、と思っていると、運転手さんが、気さくに声をかけてきてくださいました。

「お腹減ってない? 営業所でもらった弁当が一個余ってるから、食べなよ」

「え? いえ、そんな、申しわけないです、お握りも持っていますし」

慌《あわ》てて遠慮する私に、運転手さんは、

「いいって、いいって! どうせ余ってるんだからさ。若いんだから、お握りじゃ、足りないでしょ」

と、お弁当を差しだしてくださったのでした。

輪ゴムをぴちん、と外し、まだ、ほんのりと温もりが残っているご飯の水蒸気で水滴《すいてき》がついている透明な蓋《ふた》を開けて、おいしいお弁当をありがたくいただきつつ、困ったなあ、私、旅に出ているはずなのに、なぜか、ご馳走を一日何度も食べているよ……と、可笑《おか》しいような、ほろ苦いような気分になったものです。

さあ、巣立ちをしよう！　と、勇んで立ち上がったところに、親鳥が餌《えさ》を咥《くわ》えて帰ってきたので、反射的に口を開けて、餌をもらってしまった雛鳥《ひなどり》は、あんな気持ちになるのかもしれません。

自分の身の丈に合っていない背伸びをしていることは、自分ではなかなか見えないものです。でも、傍《はた》から見れば、すぐ分かる。そして、心優しい大人たちは、そういう若者を見ると、つい、かまってやりたくなる……。

もっと突き放した方が、早く大人になるよ、というご意見もあるでしょうが、でも、私は、あの頃、大らかな優しさで、ひょいっと手を差し伸べてくださった方々を思うたびに、陽だまりの中にいるような安らぎを感じるのです。

暖かい陽射しに温もった空っぽのバスにのんびり揺られて、お弁当のご飯を頬張っていた私は、巣立ちには、まだまだ間がある雛鳥でしたけれど、それでも、たくさんの心優しい先輩たちに出会えたお陰で、いざ空を飛ぶときは、どんな姿になりたいか、それだけは、しっかり心に抱《だ》いていたような気がします。

CHIE Goto

パフよ、ふり向いて

パフ、という名の猫がおりました。

我が母校、香蘭女学校の校内を、のんびりと歩きまわるこの猫は、ミス・チャンドラというイギリス人の先生の飼い猫で、チャンドラ先生が呼びかけると、ニャーと返事をするのに、私たちが「パフ！」と、呼んでも、見向きもしません。

いつしか我々の間では、パフをふり向かせるためには、「カム・ヒア・パァフ！」と、美しくも正確な発音で呼ばねばならないのだ、という伝説ができ上がり、英語を得意とする友人たちが、果敢に挑戦していたものです。

私はといえば、二、三度呼んだだけで、早々にリタイアしました。

英語は大の苦手で、必死に呼びかけている私の目の前を、パフはゆうゆうと歩み去って行ってしまったからです。一顧《いっこ》だにせず、というのは、ああいう態度を言うのでしょう。

英語は、いつも、私の悩みの種でした。

怒られずに済む生徒はいない、と恐れられていた大変厳格な先生に、教科書の音読を命じられたとき、「キッチン（kitchen）」を、大声で「キット・チェン！」と読み、先生を爆笑させ、しばらく友人たちから「笑わせて、怒られずに済んだやつ」と称《たた》えられていたほどで、英語の成績は常に低空飛行でした。

この英語の先生は、実はとても心の深い、温かい方で、いまも時折、厳格な表情を思わず崩して、笑っておられたお顔を、懐かしく思いだします。

大学へ進み、文化人類学に出会い、やがて私は、オーストラリアの先住民アボリジニについて学ぶ道を選ぶのですが、英語が苦手なくせに、オーストラリアを調査地に選んだのは、英語でさえ大変なのに、これ以上ほかの言語を学びたくなかったからでした。

帝国主義時代に仏領《ふつりよう》であった場所なら、フランス語と現地の言葉、独領であればドイツ語と現地の言葉というように、下手な場所（？）を選べば、ふたつも、三つも、言語を学ばなければ、まともな調査ができません。

もちろん、それだけの理由でアボリジニについて学ぼうと思ったわけではありませんが、どうせ英語の論文をたくさん読まねばならないのなら、調査地も英語で済む場所がいいなぁ……という怠け心が、調査地選択の裏側にあったのは事実であります。お恥ずかしいことですが。

しかし、いかに楽な道を選ぼうとしても、当然のことながら、オーストラリアに滞在すれば、英会話は必須。まったく日本語の通じない、西オーストラリア州の小さな、小さな町で、私は朝から晩まで、英語のシャワーを浴びつづけることになったのでした。

長く滞在するので、銀行に口座を開き、日本から送金してもらうという形をとろうとしたのですが、さて、どこに銀行があるのだろう？　と、うろうろ、あの道、この道と彷徨《さまよ》っていると、向こうからアボリジニの親子連れがやってくるのが見えました。

あ、アボリジニだ！　知り合うきっかけをつくるチャンス！　と思って駆け寄り、「申し訳ありません、銀行を探しているのですが」と声をかけると、彼女は、思いっきり眉根を寄せて、「はぁ？」と、聞き返しました。「あの、銀行を……」「はぁ？」の繰り返しで、困った私が、「口座（account）を開きたいので」と口にした瞬間、彼女は、ぱっと目を見開き、「あぁ〜！　あんた、銀行に行きたいのね！」と叫び、いきなり、顔をぬっと近づけると、「あんた、バンク、バンクって言うから、分かんなかったよ。ちゃんと発音しな。教えてやるから、言ってごらん、バァ〜ンクッ」と、口の開き方から舌の位置まで直されてしまいました。「R」や「L」の発音が苦手であることは自覚していましたけれど、「A」の発音もまた、とても難しいのだと思い知った瞬間でした。

ちなみに、その町では一本の通り沿いに銀行、郵便局、ホテル、商店がすべて並んでいて、一度知ってしまえば、いかに方向音痴の私でも、二度と迷うことはなかったのですが、そのアボリジニ女性は、私と行き会うたびに、にやっと笑って「バァ〜ンク！」と言うのでありました。

そんな状況で、あっちで笑われ、こっちで困られしながら、一月《ひとつき》、二月《ふたつき》と経ち、ある夜、ふっと、とても奇妙なことに気づきました。その日聞き取った、アボリジニの友人たちの様々な話をノートにまとめていると、彼女らが日本語で話していたような錯覚に襲われたのです。「hang on」とか、「so what?」のような、しょっちゅう耳にする言葉が、「ちょっと待って」「だから、なに？」と言っていたように、頭に浮かんでくるのです。

いちいち訳そうと思わなくても、フレーズ全体のだいたいの意味が、頭の中に自然に入ってくる感覚が生じたのも、この頃でした。

あ、これが、英語耳っていうものなのか！　やったぞ、私もついに、英語耳を手に入れたんだ！　と、小躍りして喜んだのですが、しかし、多少聞き取ることができるようになっても、相変わらず、うまく話すことはできず、聞く能力と話す能力は、もしかして、脳の中では異なる部分が分担しているのかな、などと思ったものです。

聞く方でも、ＲとＬの発音の聞き分けは難しくて、いまでも聞き分ける自信がありません。

牧場で働いていた経験のあるアボリジニの男性に、少年時代の仕事について聞き取りをしていたとき、彼が話していることがまったく分からず、困惑したことがありました。

彼「いいか？　まず、ウォルを、金網《かなあみ》のベッドみたいなやつに載せるんだ」

私（ウォル？　ウォルってなんだろう？　ああ、「wall（壁）」かな？　へえ、牧場なのに解体作業手伝わされてたのかな）

彼「ウォルには泥がついているから、それを、その台の上で落とすんだ」

私（あ、やっぱり解体作業だ。壁の泥を落とすんだな！）

彼「ウォルには、首の部分と腹の部分があるだろう？」

私（？？？）

彼「まず、首の部分をだな……」

そこまでくると、訳分からん状態が限界に達したので、私は、ちょっと待って、と彼を遮って、壁の所に行き、

「この壁の、どのあたりを首って呼ぶの？　腹は、このあたり？」

と、さすってみせると、彼はしばし、ぽかん、と、私を見ていましたが、やがて、ぶわっと吹き出して、爆笑し、

「おれは壁（wall）の話なんかしてねぇよ！　羊毛（wool）の話をしてんだよ！」

と、言ったのでした。

それ以降、彼は、私をほかのアボリジニに紹介するときは、必ずこの話をもちだして、「長年生きてきたが、壁の腹はどこだって聞かれたのは、初めてだったぜ」と、言ったものです。

いまも英語は大の苦手ですが、それでも、長い間、聞き取り調査をするうちに、アボリジニ特有の話し方にも随分と慣れて、さすがに、羊毛を壁と間違えるほど、ひどい失敗はしなくなりました。

だまし絵を見ていて、いったん、その絵の奥に、別の絵があることが見えてしま

えば、後は難なく「見分けるスイッチ」を切り替えて、ふたつの絵を見分けることができるように、外国語の発音の場合も、聞き分けることができる瞬間が訪れたら、それ以前には、なぜ、この違いが分からなかったのだろう、と思うものなのかもしれませんね。

はっとするほど鮮明に、違いが分かった瞬間、多分、脳は以前とは違うものに変わっているのでしょう。わずかずつ、でも確実に、人の脳は変わり、それでも「その人」でありつづける。そう考えると、なんだか不思議な気持ちになります。

「カム・ヒア・パァフ!」と、いまの私が呼んだら、パフはふり向いてくれるでしょうか。いや……きっと短い尻尾《しっぽ》を立てて、通り過ぎてしまうでしょうね。「here」の発音がなってないよ、という顔をして。

七月に凍《こご》える

あまりの寒さに、途方に暮れた経験がありますか？

私は、一九九二年の七月に、そんな経験をしてしまいました。

オーストラリアで一か月、毎日テントで眠るという旅をしたのですが、そのとき、フリンダースレンジという山地で、大失敗をしてしまったのです。

南半球のオーストラリアでは、七月は真冬。南部の山の中で、氷雨《ひさめ》が降っている真夜中、テントの中で寝袋にもぐりこんで眠っていた私は、ふと、右腕が冷たいな、と思って目を覚ましました。冷たいはずで、寝袋がぐっしょり濡れていたのです。テントと寝袋が触れていたせいで、雨が浸透してしまったのでした。

ああ、しまった！　と、思っても後の祭り。暖房などない山の中です。薪《たきぎ》もなく、外の木の枝は雨に濡れていますから、火も熾《おこ》せません。

猛烈な寒さの中、ガタガタ震えながら車の中で一夜を過ごしたのですが、眠れるはずもなく、夜が明けるまでの数時間、朝になっても雨が止まなかったら、火は熾せないかも……と、思っていたあの途方に暮れた気分は、いまも生々しく思いだせます。

その旅は、当時、国際基督教大学《こくさいキリストきょう》に短期滞在しておられた、西シドニー大学のパワフルな女性研究者・マクドナルド先生が、日本の若者に、アボリジニと交流する機会を与えようと企画したものでした。

彼女と、彼女が仲良くしていたシドニー近郊に住むアボリジニの三家族、国際基督教大学の学生たち、我が恩師青柳真智子《あおやぎまちこ》先生と私というメンバーで、食料品を積み込んだカート付きの小型バス二台に乗り込み、広大なオーストラリア大陸を駆け巡る旅に乗りだしたのです。

シドニーからフリンダースレンジを通り、中央砂漠を抜けてカカドゥまで北上し、その後、クイーンズランド州を南下してシドニーへ戻るという行程でした。

自分たち以外に人の姿はなく、視界を遮《さえぎ》るものといえば、ほわほわと生えている背の低い灌木《かんぼく》だけ、という広大な砂漠の中で、夕食を作るために焚火《たきび》を熾すと、あたりが青い黄昏《たそがれ》に変わるにつれて、炎の色が鮮やかに浮かび上がってゆく。

日が暮れ落ちれば、降るような満天の星で、宇宙に包み込まれているような心地になる……。

ほんとうに素晴らしい旅だったのですが、なにしろ寒かった！

赤道に近くなる北部のカカドゥ以外は、夜になると猛烈に冷え込み、空腹でも、まずは火を熾してからでないと食事を作れない。温かい風呂にも入れない……。屋根があり、壁がある家に暮らしていることが、いかに幸せか、しっかり思い知らされました。

砂漠というと、暑いイメージがあるかもしれませんが、砂漠の夜は、山中とはまた違う底冷えがします。昼間はぐんぐん温度が上がり、Tシャツでもいられるのに、温度を調整してくれる湿気が極端に少ないせいで、夜には氷点下になることもあるのです。

アボリジニの大切な聖地であるウルル（エアーズロック）のそばでキャンプをした夜も、外に出していたタオルが、朝、白く凍《こお》っていたものです。

そんな寒さの中、白い息を吐き、震えながら、キャンプ場のトイレに行って、たまげました。――おじいさん、おばあさんだらけだったのです。

「モーニン！」なんぞと、にこやかに挨拶し、腕をぐいっとまくって顔を洗っている、どう見ても、七十代以上の老人たちの群れ……。

熱海《あたみ》の温泉地じゃあるまいし、この寒さの中、この老人たちはキャンプをしていたのか！　と、驚いていると、後から入ってきたマクドナルド先生が、事もなげに、「あら、ペンショナーだらけねぇ」とつぶやきました。

オーストラリアでは、仕事をリタイアし、年金生活者になった老人たちが、キャンピングカーに乗って旅をしながら、広大なオーストラリアの各地に散らばっている子どもたちを訪ねてまわったり、行きたかったところに遊びに行ったりするのは、ごくありふれたことであるのは知っていましたが、それにしても、みなさんタフ！　寒そうなそぶりすらしていませんでした。

もちろん一概には言えませんが、オーストラリア人の多くは、子どもの頃から、野外の寒さに慣らされているような気がします。

オーストラリアでは、人の手が入っていない荒野《こうや》や森などを「ブッシュ」と呼ぶのですが、極寒の真冬、小学校の先生たちに、「今夜、ブッシュ・キャンプをするから、ナホコもおいでよ」と誘われたことがありました。

それは寒い。絶対寒い。寝袋でガタガタ震えながら、しゃべりまくるチビどもに囲まれて過ごす一夜が、ありありと頭に浮かび、「やだ」と即答すると、「You! Chicken!（あんた、弱虫っ！）」と、笑われたものです。

「小学生だって元気にキャンプするのに」と言われましたが、たしかに、オーストラリアの田舎町のチビどもは、アーミー・キャンプだのなんだのと、真冬のブッシュで元気にキャンプを楽しんでいました。あのチビどもが、やがて、砂漠で元気に野宿を楽しむ老人たちになるのでありましょう。

もちろん、日本人にもそういうタフな人はたくさんいて、「タフ」というと真っ先に頭に浮かぶのは、敬愛する我が恩師、青柳真智子先生です。

氷雨のフリンダースレンジや氷点下の砂漠を一緒に旅したとき、先生はすでに還暦を過ぎておられましたが、半分の年であった私なぞより、遥かに元気に旅を楽しんでおられました。

寝袋を畳《たた》むのも手早く、荷物をまとめるのも早い。歩くのも速く、体調も崩さない……。長年、フィールドワークで鍛《きた》えてきた筋金入りの文化人類学者とは、こういうものなのだ、と感じさせるお姿でした。

私に、人類学のイロハから、フィールドワークのやり方まで教えてくださった青柳先生は、厳しいところは厳しいのですが、朗らかで気さくな方で、決して権威の衣を被りません。そして、とにかくタフ！　ふたりで一か月調査旅行をしたときも、先生のタフさを痛感しました。

アデレードで車を借りて、私が運転をし、中央砂漠まで千キロの道を北上した、その旅の途中で、あるガソリンスタンドに一泊したときのことです。オーストラリアでは、都市を離れると、周囲数百キロ街がない、ということも稀ではなく、そういう場所ではガソリンスタンドに、小さな食堂やコテージが併設されていることもあります。いわば、ガソリンスタンドが砂漠のオアシスの役割を果たしているわけです。

そのときも真冬で、とても寒かったのですが、借りたコテージに入ってみると、粗末なベッドには、毛布が一枚のっているだけ。よく見ると電気毛布だったので、ほっとしてスイッチを入れ、くるまったのですが、いつまでたっても暖かくならない。歯の根が合わない状態で震えていると、先生が隣から「そっち、電気毛布壊れているの？」と、声をかけてくださいました。「そうみたいです」と答えると、先生はするっとベッドから降りて、「こっちに入りなさい。こっちのは効いているから」と、おっしゃったのでした。

そんな、とんでもない！　と、思ったのですが、先生は笑って、風邪ひかれたら困るから、こっちに入りなさい、と、ベッドを譲《ゆず》ってくださいました。

暖かい毛布にくるまりながら、「先生、寒くないですか？」と尋ねると、「全然。

平気」と、おっしゃり、実際、ほどなくして安らかな寝息が聞こえてきました。

タフな人は、ときに、他者の弱さに気づくことができず、辛い思いをさせることがあります。

でも、他者の弱さに気づくことができる人は、ごく自然に、他者を暖かく包むことができる。……いま思うと、先生には、学問以外にも、たくさんのことを教えていただいた気がします。

尻尾《しっぽ》の行方《ゆくえ》

私は、子羊の尻尾《しっぽ》の先をつまむのが、大好きです。

よく見かける羊は尻尾が短いですから、あんなのつまんで、何が面白いの？と、思うかもしれませんが、ご存知の方はご存知、羊は、生まれたときは意外に長い尻尾をもっているのですよね。

もちろん種類にもよりますが、オーストラリアで飼育されている羊さんたちは、生後しばらくは、けっこう長い尻尾をぷらぷらさせています。

フィールドワークのときに居候《いそうろう》させていただいていたあるお宅で、可愛い子羊を一匹飼っていたのですが、奥さんが、このチビさんに哺乳瓶《ほにゅうびん》でお乳をあげているのを見かけると、私はすっ飛んで行って、チビさんの後ろにしゃがみこみ、尻尾の先をつまんでいました。

お乳がおいしくてたまらないのか、飲みながら、ピピピピッと尻尾が動くので、つまんでいると、その振動が伝わってきて、面白いんですよ。

でも、チビさんたちが、尻尾をぷらぷらさせていられる期間は、さほど長くはないのです。

ある日の夕方、居候させていただいていた家の娘さんが、妙にハイになって帰ってきたことがありました。

彼女は色白で、すらっとした美人なのですが、着ているトレーナーの腹から胸まで、点々と焦げ茶色のシミがついているので、「どうしたの？　それ」と聞くと、目をきらきらさせて、「うっふっふ！　今日は尻尾切り（tailing）だったの～。すっごく疲れた～」と、言いつつ、指をブイの字にして、「チョップチョップ！」と、チョキチョキしてみせたのです。

ゲゲッ、子羊の尻尾、はさみでちょん切ったのか、と、ぎょっとすると、彼女は、にやっと笑って、「まあね～。ゴムで根元をくくる方法もあるけどね。そうすれば自然に落ちるから。そっちの方法でやられているチビさんたちも、尻尾をくくられて、気分はブルーなのよね～」と、事もなげに言ったのでした。

尻尾がお尻《しり》を覆《おお》っていると、不潔になってしまうので、尻尾を切ってあげるのは、彼らを健やかに育てるためには、大切な作業なのだそうです。

ブルーな気分のチビ羊さんたちの尻尾は、ほんとうに、いつの間にか消えていて、あの尻尾はどこに行ったのだろう？　捨てちゃうのかな、と不思議に思っていたものです。

その尻尾の行方を知ったのは、数年後でした。

「尻尾が手に入ったから、おいで～」という電話が、アボリジニの友人のローラ（仮名）から入ったので訪ねてみると、彼女の家の、裏庭のテーブルの上に、大きな段ボール箱が載っていました。

ローラが無造作に段ボール箱をひっくりかえしたとたん、ドサドサッと、出てきたのは子羊の尻尾。しかも、しっかり羊毛つき。

どうやら、すでに蒸し焼きにされていたようで、彼女も子どもらも、すぐに尻尾に手を伸ばしました。どうするのか、と、見ていると、尻尾の先の骨を左手の指でつまんで、右手でつうっと羊毛を剝《む》き、骨の周りについている肉に塩をふって、かぶりつき、実においしそうに食べています。

それでは、と、私も一本持って、ふにふにするその羊毛を剝いて塩をふり、肉に嚙《か》みついたのですが、とたんに、アンモニアの匂いが、つん、と鼻を突いて、味よりも何よりも、その匂いに驚《おどろ》いてしまいました。

ローラの息子たちは、その肉が大好きらしく、「ナコ、もういらない？　それ、もらっていい？」と、盛んに手をだして、私の前にある尻尾を持って行ってしまいましたが、私には正直なところ、おいしいとは思えませんでした。

しかし、居候している家の御主人に、今日、羊の尻尾を食べた、と話すと、彼もまた目を輝かせて「美味《うま》かっただろう！　ベスト・パート・オブ・ラムだからな」と言ったものです。どうやら、アボリジニも白人も関係なしに大好きらしいですね、羊の尻尾。

日本人が洋風の食事を好むようになったとよく言われますが、尻尾の料理は、日常生活では、ほとんど、口にすることはありませんよね。

ぱっと思いつくのは、仙台《せんだい》の牛タン料理についてくるテイル・スープぐらいでしょうか。

対して、長く牧畜や狩猟採集で暮らしてきた人々の食文化の中では、尻尾は、ごく自然に、おいしい食材として登場するようです。

骨の周りの肉は美味いと言いますが、尻尾の肉はまさに、骨の周りにこびりついていて、ゼラチン質も豊富なせいか、オックステイル・シチューを始め、「美味《びみ》な部分」と言われているのを、よく耳にしました。

とはいえ、オーストラリアでも、牧場の関係者でないかぎり、尻尾の料理はそれほどポピュラーではないと思いますが、アボリジニにとっては、尻尾は実にありふれた食材です。

親族の葬儀に行きたいというアボリジニの一家をレンタカーに乗せて、ブッシュの道を延々と八百キロほどドライブをしていた旅の途中で、車を停《と》めて昼食を食べたとき、草地に広げたビニールシートの上に並べられたコールスローサラダや食パンなどの脇に、カンガルーの尻尾をごろごろ置かれて、びっくりしたことがありました。

蒸し焼きにし、十センチ大ぐらいにぶつ切りにされていた、その太い尻尾には、まだ、ふさふさと毛皮がついていて、いかにも、ザ・カンガルーの尻尾！　という状態だったからです。

ブリブリと毛皮を剝き、骨を持って、ピンク色のお肉にかぶりついて食べるのですが、生（?）のコンビーフを食べているような感じで、しかも、冷めているので脂肪は白く蠟《ろう》のように固まったまま。

アボリジニの友人に言わせると、尻尾の蒸し焼きは冷めてからの方がおいしいのだそうですが、初めて口にしたときは、おいしいとは思えなかったものです。

親族や知り合いの誰かが狩りに行って獲《と》ってきた肉のお裾《すそ》分けや、ドッグフード工場で、安く譲《ゆず》ってもらえるカンガルーの尻尾は、アボリジニの家庭にとっては、安くておいしくて栄養のある大切な食材ですから、ハンバーガーを食べ慣れている子どもらも、「ルー・テイル・シチュー」（カンガルーの尻尾のシチュー）や蒸し焼きは大好きです。いつも食べ慣れている、家庭の味なのでしょうね。

慣れというのは不思議なもので、いつしか私も、カンガルーの尻尾をおいしいと感じるようになりました。

骨をつまんで尻尾を食べながら、そういえば、むかし大好きだった『大草原の小さな家』のシリーズの中でも、豚の尻尾をチリチリ焼いて食べる場面があったな、と懐かしく思いだしたこともありました。

主人公たちは争うように豚の尻尾を焼いたのを食べて、「豚の尻尾はこれでおしまい」と、次に豚を解体する日を待ち遠しく思うのです。

日本の漁師さんが、魚を余すところなく利用するように、獲物を狩り、あるいは、豚や羊や牛を飼い、それを解体して食べる――そういう日常がある場所では、獣の身体《からだ》のすべては、無駄なく利用されます。

カンガルーを捌《さば》くのを手伝って、木にぶら下げられたカンガルーの尻尾を切り、その骨の硬《かた》さを手に感じ、腹を裂いて、内臓の匂いとともに、ふわっと腸から立ち昇る湯気を顔に浴びたあとで、その肉を口にしたときは、少し前まで生きていたカンガルーの命と、自分の命が、ひとつながりになっていくような、不思議な感覚を味わったものです。

切られた尻尾は料理されて、私の口の中へ。――フィールドにいた頃、私の身体の幾分かは、間違いなく、カンガルーや羊の尻尾のお肉でできていたのです。

CHIE GOTO

月の光に照らされて

『翼《つばさ》よ！　あれが巴里《パリ》の灯《ひ》だ』という、素敵なタイトルの映画がありますが、広大無辺の闇の中で、一点の光が見えると、突然、自分の位置が明確に分かり、自分の身の周りのすべてがあるべき位置に定まる、ということがありますよね。

真夜中でも明るい東京では、そんな経験をする機会はほとんどありませんが、それでも多くの人が、塗り込めたような闇の中を歩いたことがあるのではないでしょうか。

私が、初めてそんな経験をしたのは、小学生の頃の夏休み、母の田舎《いなか》に行ったときでした。

母は東京生まれ、東京育ちなのですが、野尻湖《のじりこ》のある長野県の信濃町《しなのまち》にルーツがある人で、母方の祖母は長く、野尻湖のそばの大きな家に住んでおりました。

国道十八号沿いのその家に、夏休みになると、親戚《しんせき》の子どもたちが集まり、わいわいひと夏を過ごす、というのが年中行事のようになっていたのです。

私は大方の従姉兄《いとこ》たちより年下なもので、いきなり大勢のお姉《ねえ》ちゃん、お兄《にい》ちゃんができたような気がして、うれしくて、うれしくて、小学校低学年の頃は、とにかく遊びほうけて、明るい夏休みを過ごしたものです。

でも、従姉兄たちには言えませんでしたが、私は田舎の夜が苦手でした。

みんなでバケツを持って大きな土間に下り、さあ、花火をしよう！　と外に出るときも、一生懸命、平気なふりをしながら、山に繋がって行く上段の畑の方には背を向けないよう、目も向けないようにしていました。

明るいときには、透明な羽を光らせてトンボが舞う上段の畑も、夜の帳《とばり》がおりると、裏山に溶け込んで、のしかかってくるような、大きく黒々とした闇そのものに変わってしまっていて、下手に目を向けてしまったら、そこから何かが出てくるのを見てしまいそうで、怖かったのです。

はしゃいでいる従姉兄たちの声と、色鮮やかな花火の光だけが、夜の魔物から私を守ってくれる結界で、そこから離れてはいけない、離れてはいけないと、一生懸命に花火を見つめていました。

小さな線香花火が、チチチ……と小さく唸《うな》りながら丸い玉になり、それがやがて暗くなって消えると、花火はおしまい。水を入れたバケツに花火を入れて始末をしてから玄関の引き戸を開けて家に入ると、家の中は、電灯に照らされて、いつもどおりの平坦な明るさで、ああ、正常な世界に戻ってきた、と、身体《からだ》の力が抜けたものでした。

そんな夏休みのある夜、母に手をひかれて山道を抜け、公民館の庭で開かれる盆踊りに行ったときに、私は、生まれて初めて、塗り込めたような闇というものを経験したのです。

夜の山道の闇は、みっちりと密度が濃《こ》くて、前を歩く母の手にある懐中電灯のかぼそい明かりが、母の身体で隠れるたびに、闇にくるみこまれ、私はまったく目が見えぬまま、ただひたすら母の手の温《ぬく》もりだけを頼りに歩きつづけていました。

周囲が見えぬ闇の中では、自分がどのあたりを歩いているのか、その手がかりすらないので、どこまで来たのか、どれほど歩いたのか、その感覚が次第に曖昧《あいまい》になっていきました。

あたりのすべてとともに自分が消え、時すら消えていくような、あの気持ちは、いまも、まざまざと思いだすことができます。

そういう、すべてが闇に溶け、自分がどこにいるのか分からなくなる経験は、オーストラリアでも何度か味わいました。

最も忘れがたいのが、以前にも書いたフリンダースレンジの雨の夜の出来事です。

青柳《あおやぎ》先生とふたりでひとつの傘《かさ》を差し、キャンプ場のトイレへ行った時のこと。行きは、闇の中に、小さくぽつん、と見えるトイレの明かりを目指せばよかったので、なんのこともなく辿り着いたのですが、用をすませて、さて、テントに帰ろうか、と、降り続く氷雨《ひさめ》の森に足を踏み出し、背後のトイレの明かりが消えたとたん、私たちは、圧倒的な暗闇に飲み込まれてしまったのです。

文目《あやめ》も分かず、とは、ああいうことを言うのでしょう。雨も、木々も、すべてが曖昧模糊《もこ》とした闇の塊に変わり、懐中電灯で照らしても、足元がわずかに見えるだけ。

深い森の奥へとつづいているのは、道であるような、ないような、よく分からぬ、とりあえず歩ける幅がある、というだけの細い何かで、歩きはじめてほどなくして、私たちは、こんな闇の中で、すでに焚火《たきび》もない野営地に辿り着けるだろうか、という恐怖に襲われたのでした。

誰かが聞いてくれたら、助けてくれるかもしれませんぜ、などと、空元気を出して私は歌をうたい、先生に苦笑されながら、こちら、と思われた方向へ、ひたすら歩いたのですが、もうとっくに着いていてもいいはず、と思う頃になっても、一向にテントは見えず、寒くて寒くて、さすがに、これは歌をうたっている場合じゃないぞ、と、胸が締め付けられるような気持ちになった頃、遥か前方に、ちらっと、小さな灯りが見えたのです。

助かった！　と、明かりに駆け寄って、狐《きつね》につままれたような心地になりました。それは、トイレの明かりだったのです。

なんのことはない、私たちは、闇の中で、見事にぐるっと円を描いて歩き、トイレに戻ってきていたのでした。

先生、あれはトイレの灯だ！　という、しょうもないオチですが、あのときは恐ろしくてトイレから動くことができず、誰かが来るのをひたすら待ち、やがて、やってきたアボリジニの友人に、連れて帰ってもらったのでした。

闇の中では、真っ直ぐに歩いているつもりでも、両足のバランスの違いからか、円を描いて歩いてしまうというのは本当なのだと思い知った出来事でした。

日頃、たいして気にもしていませんが、私たちは、自分の周りの風景から、ごく自然に、自分がどこにいるかを感じ取って、安堵し、生きているのでしょう。

「分かる」という言葉に、なぜ、「分」という字が使われているのか、子どもの頃、不思議に思ったことがありますが、あるものが他と分かたれ、明確な区別がついて初めて、人はそれを認識する――分かる――のですね。

自分も周りもすべてが闇の中に溶け、一体となり、区別がつかなくなったとき、己の顔が向いている方向すら定かではなくなっていく。

日が暮れ落ちて行き、向こうからやってくる人が、誰か、と、顔を見分けることができなくなって「誰《た》そ、彼《かれ》」と問いかける「たそがれ」どきを、逢《お》う魔《ま》が刻《とき》と呼ぶように、慣れ親しみ、すべてが分かっている世界がゆっくりと消えさっていくときに、異界は、静かに立ち現れてくるものなのかもしれません。

光の移ろいは、世界をも移ろわせていきます。

真昼の光に照らされているときには、茫漠《ぼうばく》たるオーストラリアの砂漠は赤く、燃え立つようですが、陽が沈むにつれて、紫から青へ、やがて、色のない闇へと変わっていきます。

そして、皓々《こうこう》と鮮烈な光を放つ満月が昇ったとたん、風景は一変し、遥か彼方《かなた》まで霜が降りたような、ほの白い大地が出現するのです。

ススキの穂とお団子の向こうの、湿り気のある秋の夜空に浮かぶ、中秋の名月とはまったく違う、サーチライトのような、圧倒的な満月の光。

その光を浴びたとき、私はふと、夜空に浮かび、空から自分を見下ろしているような心地になりました。

広大な砂漠に生えている丈《たけ》の低い灌木《かんぼく》の影と分かたれぬ、ごく小さな影に過ぎぬ自分を見たような気がしたのです。

そのとき私は、光もまた、すべてを、風景の中に溶かしてしまうことがあるということを知ったのでした。

chie GOTO

場《ば》違《ちが》いな人

深夜の道路脇に、赤ん坊を抱いた若い女性がひとり、ぽつんと立っていたら、かなり怖い光景になりそうですが、たとえ真っ昼間でも、周囲数百キロ人家がない大自然の只中で、そんな光景を見かけたら、思わず目を疑ってしまうものです。

アボリジニの友人たちとキャンプに行った帰り道でのこと。深い森の中に延々と続く赤い土の道を四輪駆動《くどう》車で走っていたとき、赤ん坊を抱いて、ぽつんと道端《みちばた》に立っている白人の女性に出くわしました。

ちょっとハイキングに来たという感じのTシャツとジーンズの軽装で、赤ん坊を胸に抱いていた彼女は、私たちの車が傍《かたわ》らに止まると、心底ほっとした顔になって、

「神様ありがとうございます！　ああ、たすかった！　ピクニックに来たのだけれど、川縁《かわべり》で車がスタックしちゃって」

と、助けを求めてきたのです。

車がスタックする、というのは、ご存知のとおり、車が何かに乗り上げたり、はまったりして、タイヤが空回りし、動けなくなってしまった状態を言うのですが、彼女と赤ちゃんを車に乗せて川まで下りてみると、いかにも都会風のピカピカのセダンタイプの車が、川縁の泥の中で見事にスタックしていました。

車の中には、彼女の夫と思《おぼ》しき白人男性がひとり、しきりにアクセルを踏んでタイヤを空回りさせては、盛大に泥をはねあげています。

アボリジニの友人たちが車から降りていき、しばらく状況を調べていましたが、やがて、「こっちの車と、そっちの車を針金で繋《つな》いで引っ張ってやるから、おれたちが合図したらアクセルを踏めよ」と、その旦那さんに指示して、戻ってきました。

四輪駆動車の後ろにくっついている台車などを連結する金具と、セダンのバンパーを針金で繋いで、「いっせ〜のせ！」という感じで引っ張ったのですが、何度やっても針金がぶっちぎれるだけで、セダンは泥の中から抜け出せません。

四十度近い暑さの中で、みんながへたばりはじめた頃、私はふと、あることに気づきました。――セダンに乗っている男性の体格です。どう見ても百キロは軽く超

えている、お相撲《すもう》さん体型の彼が運転席に乗っているから、針金では引っ張れないのではないか、と思い、

「あの……、私がアクセル踏んでみてもいい？」

と、声をかけると、男らはみな、え？ という顔で振りかえりましたが、すぐに全員、私が敢《あ》えて口にしなかった理由に思い当たったようで、代わってやってくれ！ と、白人男性を運転席から出して、私を座らせてくれたのでした。

どうなったと思います？ いや、もう、実に簡単。「いくぞ！」の声に合わせて、アクセルをめいっぱい踏むや、車は跳びだすようにして泥地から解放されました。

何か、ちょっと映画みたいだったな、と、私はけっこう興奮していたのですけれど、真っ赤な顔に汗をたらたらかいて、「いや、たすかった。ありがとう」と言っている男性と、うんざりした顔の奥さんに手を振って別れたあと、アボリジニの友人たちは、しきりに、ブッシュの中に、あんな都会用の車で入ってくるのが間違っているんだ、赤ん坊まで連れてて、冗談じゃねぇよ、おれたちが通りかからなかったら死んでるぜ、と怒っていました。

彼らの怒りはもっともで、オーストラリアでは、原野に出れば、あたりには家も

ガソリンスタンドもない状態が当たり前。油断して、用意を怠れば、容易に命を奪われる危険が生じるのです。

あの車がスタックしていた場所も、周囲百キロぐらい人家などありませんから、ほんとうに偶然《ぐうぜん》、私たちが通りかからなかったら、あの太った旦那さんでは、とても助けを求めに行けなかったでしょう。

オーストラリア人でも、都会人の中には危機意識の薄い人がいるようですが、私には、つい大丈夫だと思ってしまった彼らの気持ちも分かるのです。

先日、NHKの「ためしてガッテン」で、地震が起こる危険性を知っていても、家具を固定しない人が多いのはなぜか、ということを分析していましたが、その中で最も興味深かったのが、「人の心には、自分の死をうまく想像することができない楽観バイアスがある」という説明でした。車を運転していれば、いくらでも起こり得る危険はあるのに、運転中に、そんなことをいちいち想像している人は、まずいない。生々しくそんな想像をしつづけていたら生きづらいから、頭の中で、ほどほどに流せるようにできている、というわけです。

なるほどなあ、と思いました。想像力は危険回避の大切な力ですが、日常の暮らしの中では、その想像力を鈍化させることで、平静な心地で様々な行動をし、暮らしていられるのですね。

しかし、この「楽観バイアス」に無自覚のまま、慣れた暮らしの外に出てしまうと、危険なことになる……。

私は、つい日本にいるような気分で車を走らせて、危うく大事故を起こしかけたことが何度もありました。

アボリジニの友人と、その子どもたちを車に乗せて、赤い土の道を突っ走っていたときのこと。ずっと先まで真っ平であるように見えていた道が、実は、少し先で川へ向かう下り坂になっていることに、ふいに気づいて、慌ててブレーキを踏んでしまったのでした。

次の瞬間、車は、凄まじい勢いでスピンしました。

窓の外は巻き上げられた土埃《つちぼこり》で真っ白になり、私はひたすらハンドルを握り締めたまま、どうすることもできませんでした。

ようやく車が止まったので、恐る恐る目を開けてみると、車は後尾を下に向けて、谷川のやや上の坂道に斜めになったまま止まっていました。

がたがた震えながら、ブレーキをゆっくり緩めて、後ろ向きのまま、静かに谷川まで下りて行って、事なきを得たのですが、もし、スピンしたまま、谷川へ突っ込んでいたら、大惨事になるところでした。

　ほっと溜息をついたとき、後部座席で固まっていたアボリジニの友人が、

「ナホコ、あんた、この話、絶対、うちの旦那たちにしないでね。バレたら、二度とあんたの車に乗るんじゃないって言われちゃうから」

　と、声をかけてきました。

　首をすくめて、ほんとうにごめんなさい、と謝りながら、これだけ怖い目にあっても、まだ、私の車に乗るつもりだと言ってくれている彼女に感謝し、同時に、運転者としての自覚が足りなかった自分を激しく責めたのでした。

　これからは絶対、気をつけるぞ！　と、誓《ちか》ったのに、その後、十年程の間に、私は三回スピンを経験しました。

　当時の車はブレーキを踏みこむと容易にタイヤがロックしてしまいましたし、舗《ほ》装《そう》されていない土の道を高速で走っていたから、ということもあるのでしょうが、やはり、何より大きいのは、気の緩みなのでしょう。

　怪我もせずに生き延びられたのは、ひとえに、対向車がいない砂漠でのスピンだったからです。

　日本でも、車を運転していれば多くの危険があります。でも、東京で生まれ育っ

た私には、都会での事故には気をつけることができても、容赦《ようしゃ》のない大自然の中で起こるかもしれない様々な危機は、どうも「実際に起きる」とは思えず、なかなか予想することも、備えることもできなかったのです。異郷にいるときには、自分には楽観バイアスがかかっていることを自覚して、常に自分を戒《いまし》める努力が必要なのでしょう。

慣れた頃が一番危ない、とよく言いますが、オーストラリアの大自然の中で暮らしてきた人々の目から見れば、ちょっと慣れたつもりで、でも、本当は、日本にいる気分のまま、のほほん、と運転していた私は、夜更けに道端に立っている赤ん坊連れの若い女のように、ぎょっとするほど場違いに見えていたのかもしれません。

手足の先に、あったもの

「おかあさん、スマホ、使ってみたいわ」

と、先日、突然、老母に言われて、思わず口をぽかん、と開けてしまいました。

昨年の九月に八十になった母は、好奇心旺盛で負けず嫌い。世の人々がスマホ、スマホ、と、言っているのを聞くと、乗り遅れてなるものか、と思う、その意気や善し、なのですが、同居しているわけじゃなし、ひとつひとつ使い方を教えることを考えると、起こり得る数々の面倒な状況が頭に浮かんできたもので、

「お願い、無謀《むぼう》なことはやめて」

と、必死に説得して、あきらめてもらいました。

教えるのが面倒臭いというだけでなく、正直に白状すると、私もまだ使ったことがないのですよ、スマホ。

私はどうも、物に愛着を抱いてしまうたちで、長く使っている物は、なんとなく

生きている友だちのような気分になってしまって、気軽に捨てることができません。携帯電話の待ち受け画面に、クマさんを住まわせたりするの、あれは私みたいなタイプには、経済的に逆効果ですよ。あの子を捨てるのか、と思うと、買い替えるのがいやになってきますもの。

物に対する愛着があるというだけでなく、パソコンでも携帯でも、どんどん新しい仕様に変わっていくので、メカ音痴《おんち》の私は、また使い方を覚えなきゃならないと思うだけで、ひどく億劫《おっくう》になってしまいます。でも、こちらの都合にはお構いなしに、いつの間にか、旧式の製品はお店から一掃されていて、新しいタイプの物を買わないわけにはいかない状況に追い込まれていたりするのですよね。

もう随分前のことですが、カメラが壊《こわ》れたので、新しい物を買いに行ったら、フィルム式のカメラが、ほぼ完全に売り場から消えているのを知って、愕然《がくぜん》としたこともありました。買いだめしておいたフィルムも残っているのに、どうしよう、と、思ったものです。

家電量販店の電子音飛び交う売り場に立っていると、うなりを上げて回転し、変化し、流れ去っていく〈モノ〉たちの幻影が見えるような気がしました。

その感覚は、オーストラリアの地方の町で長く過ごして帰国したとき、東京の街を行きかう人々の歩く速度に感じる違和感によく似ていて、つくづく、生活が刻むリズムは一様ではないのだなと思ったものです。暮らし方の違いは、時を刻むリズムをも変えてしまうのですね。

文化人類学の授業の中で、学生さんたちに、

「人類が狩猟採集で暮らしていた時間って、どのくらい長かったと思う？　人類の誕生という表現は、なかなか難しいことを含んでいるけれど、ごく大雑把に、人類の歴史を考えてみると、農耕が始まってから現在までって、人類史の何パーセントぐらいだと思う？」

と、尋ねると、二十パーセントぐらいではないか、と答える学生さんが多いのですが、でも、ご存知のとおり、本当は、たった一パーセントぐらい。人類は、その辿ってきた歴史の九十九パーセントもの時間を、狩猟と採集で暮らしていたのだ、と考えると、なんだかとても不思議な気持ちになります。

狩猟採集、と聞くと、教科書に書かれていた石器時代や縄文《じょうもん》時代のイメージが頭に浮かぶかもしれませんが、いまも、狩猟採集という生業《なりわい》の形は、世界から消えたわけではありません。

私の調査地のオーストラリアでも、先住民のアボリジニは、白人の入植によって

強制的に変化を迫られるまで、狩猟採集を主な生業として暮らしてきた人々です。現在は、どこの地域でも貨幣経済と無縁ではありませんが、それでも、中央砂漠や北部など、伝統的な暮らしを色濃く残している地域では、狩猟や採集によって食糧を得る作業は続いていますし、町で暮らしているアボリジニたちも、機会があれば、ブッシュに出かけていって、カンガルーやエミューを撃《う》ってきたりしています。

私の主な調査地は、地方の小都市ですから、中華料理のレストランもありますし、ハンバーガーショップもあります。それでも、そこで暮らすアボリジニの友人たちとキャンプに出かけると、いきなり、すべてはワイルド・ライフに早変わり。家から持って行く荷物はわずかで、必要なものの大半は、原野で調達してしまいます。

エミューなどの大きな獲物を料理するときは大地がオーブンになり、葉っぱのついた木の枝が、泥を落とす刷毛《はけ》になります。獲物の腹を裂いて内臓をとりだし、そこに焼いた石を詰めたあとは、腹の裂け目の両側の皮に、ナイフで、ちょい、ちょい、と穴を開け、細い木の枝を通して縫い合わせるのです。

獲物の腸を綺麗に洗えば、血を詰めて、ブラッド・ソーセージが作れますし、ハリモグラの針は、爪楊枝《つまようじ》になります。

子どもたちも、赤ん坊の頃から親たちに連れられてキャンプをしていますから、撃ち殺されたばかりの、まだ温かい獲物が地面に転がっていても、気持ちが悪いと思うこともなく、そばで遊んでいます。

三歳ぐらいの女の子が、羽根《はね》がついたまま地面に転がされていたエミューの上に顔を乗せて、「ふわふわだぁ！　枕みた〜い」と喜んでいた、その顔を、いまもよく思いだします。

チビさんたちは、とくに教えてもらわなくとも、親がやっていることを見て覚え、なんや、かんやと手伝っているうちに、ひとりでも獲物を捌《さば》けるようになっていくのです。

もっとも、チビさんたちの知識を過信するのは危険で、彼らが「美味《うま》いから」と、焼いて渡してくれた豆を食べて、あまりの渋《しぶ》さに、しばらく唾を吐きっぱなしだったこともありました。

うええっ、と、豆を吐きだしていたチビさんたちも、いく度もそんな経験をして、やがては、自信をもって、我が子に食べられる豆を教えてやる親になっていくのでしょう。

そんなキャンプ旅行の最中に、アボリジニのおばあさんが、見せたいものがあるから、ちょっとおいで、と言って、私を岩山へ連れて行ってくれたことがありました。

原生林を遥かに見渡せる、その岩山の天辺《てっぺん》はなだらかでしたが、ところどころに、雨で穿《うが》たれたような半球形の窪みがありました。

おばあさんは、その窪みを指差し、

「これ、なんだか分かる？」

と、聞きました。

「え？　……えーと」

と、悩んでいると、笑いながら、もっとよく見て、と言いました。

「脇に丸い石があるでしょ。それを見ても、分からない？」

なるほど、言われてみると、窪みの脇に、片手で持つのにちょうど良い大きさの丸い石があります。

「あ！　これ、すり鉢ですか？」

「そう、すり鉢よ。何百年……もしかすると、もっと、ずっと、昔から、ここを通った女たちが、この岩の上に座って、この窪みで木の実をすり潰してきたのよ。やがて、白人が来て、小麦粉でダンパー（小麦粉と水だけで作るホットケーキのようなパン）を焼くようになると、小麦もすり潰したんでしょうね」

滑らかに抉《えぐ》れた、その窪みを見下ろしていると、ここに座って丸い石を握り、なんやかやと、おしゃべりをしながら、木の実をすり潰していた女たちの姿が見えるような気がしました。

気が遠くなるほどの年月、何世代にもわたって、同じひとつの場所で、同じように使われてきた大地の道具。誰もが顔見知りの小さな社会で、連綿と受け継がれてきた、分かりやすい技術。

巨大な都市で、顔を知らぬ膨大な人々と共に暮らしている私たちが日々出会う技術は、その発端《ほったん》も、途中の連なりも分からぬまま、遥か遠くから、いきなり私たちの目の前に現れてきます。でも、狩猟採集の暮らしの中の技術は、その多くが、きっと、こんな風に、人の手や足の、ほんの少し先にあったのでしょう。

ミスター・ショザキ

日本から遠く離れたオーストラリアで、長期間の調査をするとき、絶対に持って行ってはいけないものって何だと思います？　私の場合、それは、池波正太郎《いけなみしょうたろう》のエッセーであります。ご存知の方はご存知、『散歩のとき何か食べたくなって』などの、あの、おいしそうな料理満載の本、あれはほんとうに危険なのです。

朝はシリアル、昼はぱさぱさのサンドウィッチ、夜は何かの肉とジャガイモとグリーンピース。わずかなヴァリエーションはあるものの、判で押《お》したように、その繰り返しが続いていく中で、就寝前に池波エッセーを読んだら、大変なことになります。池波エッセーというより、あれはイケナイ・エッセーです。よく漬かった小ナスに溶き芥子《がらし》をちょいとのせて、ぷっつりと嚙みきる……なんて描写を読めば、口の中はもう、涎《よだれ》でいっぱい。

実際、私は一度、このエッセーを読むうちに、猛烈に和食が食べたくなって、図書館で文書検索をするんだもん、と、自分に言い訳をしつつ、州都パースまで四百五十キロ南下し、日本料理店に行ってしまったことがありました。

『瀬戸の花嫁』がBGMで流れている小さなお店で、カツ丼を注文し、お味噌汁を口に含んだ……そのとき、大袈裟《おおげさ》でなく、爪先から頭の天辺《てっぺん》まで衝撃が走ったのです。

なんだこれ？　このおいしさは、いったい何？　私はいま、何を感じているんだろう……。一生懸命考えて気づいたのは、自分の舌が、お出汁《だし》の味に、強烈に反応したのだ、ということでした。

私は食べ物の好き嫌いはほとんどありませんし、オーストラリアの家庭料理も、最初はおいしいと思って食べていたのです。ところが、長く食べつづけるうちに、次第に、何か一味足りない、という感覚が心の中に降り積もってきたのでした。

自分が何に不満を感じているのか、どうも判然としなかったのですが、味噌汁を口にした瞬間、欠けていたパズルのピースがぴたっと嵌《はま》るのを見たように、足りなかったものが何なのか、分かったのです。

塩、胡椒《こしょう》、グレーヴィやソースにはない、カツオや昆布の出汁の味。日本にいたときには、とくに好きだと思ってもいなかった味なのに、私はいつの間にか、それが欠けていることにストレスを感じていたのですね。

ところで、私の調査地である小さな港町ジェラルトンには、結婚して永住している日本人女性が数人おられます。その中のひとり、長年ジェラルトンで暮らしておられる和子《かずこ》さんは、ひょいっと飛び込んできた私を、とても可愛《かわい》がってくださいました。「あのね、和子さん、お出汁の味がね……」と話すと、同情してくださって、それ以来、機会あるごとに和食を作ってくださり、「和食ホームシック（?）」に苦しんでいた私は、随分と救われたものです。

その和子さんから、「菜穂子《なほこ》さん、シオザキさんをお招きして、和食の夕べをしようと思うのだけど、いらっしゃらない?」と、声をかけていただいたので、いそいそと出かけたことがありました。

和食の夕べに訪れたシオザキ氏は、とても素敵な中年男性でした。

「はじめまして、シオザキです」と、大きな手を差しだしてくださった彼は、浅黒い肌と、濃い色の髪、大きな目の、しっかりとした風貌をしておられました。

どことなくニュージーランドの先住民のマオリを思わせるお顔でしたが、シオザキ氏はアボリジニで、長年先住民行政に関わってこられた方でした。アボリジニの友人たちから、何度か、その名を耳にしたことはあったのですが、彼らの発音だと

「ショザキ」と聞こえるもので、なんだか珍しい苗字《みょうじ》だな、と思っていたところ、彼と親交のあった和子さんから、彼のお父様は日本人で、「ショザキ」は「シオザキ」であることを教えていただいたのでした。

シオザキ氏の故郷は、西オーストラリア州北部の港町ブルーム。かつて真珠の養殖が盛んだったところです。中国やマレーシアから多くの人々が移り住んだ町ですが、明治時代以降、日本からも多くの人々がこの町に住み着き、優れた潜水技術を持つ勇敢なパールダイバーとして名を馳《は》せたことは有名で、いまも毎年「シンジュマツリ・フェスティバル」が開かれています。

シオザキ氏の父親もパールダイバーで、第二次大戦前に和歌山県の太地町《たいじちょう》からブルームへ渡ってきた人でした。日本から遠く離れた、インド洋に面したその町で、彼はアボリジニの女性と所帯を持ったのです。

「父は厳しい人でね。ぼくらは日本的な教育で厳しくしつけられて育ちました。父が、いつも難しい顔をして、どーん、と座っているもんだから、母の親族たちは、なんか怖そうな人だね、と言ってたもんですよ。

ブルームにいても、父は日本人としての暮らしを、なるべく続けようとしていたんじゃないかな。ドラム缶で風呂を作ってね、毎日沸《わ》かして入るもんだから、珍しがられてたし。ぼくは、父に、バリカンで頭を刈《か》られちゃってね。友だちに笑われて、よく喧嘩《けんか》したもんだった」

和子さんの心づくしの和食を箸《はし》でぱくつきながら、シオザキ氏はその夜、たくさんの思い出話をしてくださいました。

「意外に日本人も知らないみたいだけど、第二次大戦が始まると、ブルームにいた日系人は、遠い大陸の東側の収容所へ連行されたんですよ。

ぼくはまだ幼かったから、あまり記憶がないんですけどね。父が連行されるとき、母は父と離れるのを拒《こば》み、ぼくらを連れて一緒に船に乗ってついて行ったんです。でも、母は、途中でひどい船酔《ふなよ》いになっちゃってね。結局、父だけが遠い収容所へと連行されて行ったんですよ。

戦後、父はちゃんと戻ってきましたよ、ぼくらのもとへ。母と父は良い夫婦だったんです」

シオザキ氏は微笑み、それから、ふと思いついたように、言いました。

「いまでも、あれは何だったのかな、と思うんだけど、新年が近くなると、父がね、竹を三本切ってきて、針金でぐるぐるっと巻いて、玄関のとこに置いたんですよね。ぼくらは子どもだったから、父が何しているのか分からなくて、友だち連中とその竹をひっこぬいてね、ワーワー叩き合って遊んでいたら、父に物凄く怒られた」

和子さんと私は、思わず顔を見合わせてしまいました。

「それは、きっと、門松《かどまつ》ですよ。日本では、新年には、年神様《としがみさま》をお迎えするために、門に松飾《まつかざ》りを立てる風習があるんです。ほら、松は常磐木《ときわぎ》でしょう？」

そう説明すると、シオザキ氏は、ふっと静かな表情になって、なるほど、そうだったのか、と、つぶやきました。その表情を、私はいまも、思いだせます。

また、こんな和食の夕べを一緒に楽しみましょうね、と言っていたのに、シオザキ氏とはそれ以来会う機会に恵まれず、数年後、彼は病を得て急逝《きゅうせい》してしまいました。

遠い異国に渡り、アボリジニ女性と家庭を築きながらも、ドラム缶でお風呂を沸かし、門松を飾って生きた、シオザキ氏のお父様のことを思うたびに、私は日々の暮らしが持っている力を感じます。

たった一杯のお味噌汁の味で私の心が震えたように、シオザキ氏のお父様は、ドラム缶のお風呂につかった瞬間、えもいわれぬ心地を味わったのではないでしょうか。

望むと望まざるとに拘《かか》わらず、日々の暮らしは、その細々《こまごま》としたすべてを私たちの身体《からだ》の隅々に沁《し》み込《こ》ませていて、遠い異国にいても、小さな欠片《かけら》ひとつで、故郷《ふるさと》の記憶を甦《よみがえ》らせるのです。

CHIE GOTO

あのスカートの下には

「ね、知ってる？　キルトの下って、何もはいてないんだって！」

高校時代、ある友人がささやき、そばにいたみんなが、「なんですとぉ？」と、ざわめいたことがありました。

そのとき話題になっていた「キルト」は、スコットランドの民族衣装、フェリイ・ベグとも呼ばれる、あの、タータンチェックのスカートのような衣装のことで、女子高生なのに、あの下に、何もはいていない？　……と想像して、赤面するどころか、「そんじゃ、今度スコットランド行ったら、足ひっかけて転ばせてみようよ！」と騒いでいたのですから、まったくしょうもない娘たちでありました。

もちろん、高校時代、実際にスコットランドを旅したときには、素敵なスコットランド人男性に足をひっかける勇気なんぞありませんでしたが、それから十年以上経ち、大人になってから、母を連れてスコットランドを旅したとき、エディンバラで、キルト姿の男性たちを見かけたとたん、ぱっと「そのこと」を思いだし、母にささやいて、「はしたない！」と後頭部をはたかれた私は、やっぱり、かなりしょうもないのでしょう。

作家デビューをし、大学に職を得た頃から、私は毎年、母を連れて海外の様々な地域を旅するようになりました。ツアー旅行ですし、さして長い期間行くわけではありませんが、それでも、年に一度の海外旅行は、現在まで毎年続けていて、母と旅した国々は二十か国を超えました。随分たくさん旅したものです。

なぜ、母と旅をするのか、といえば、これはもう単純に楽しいからで、年老いても好奇心旺盛な母の反応を見ていると、なるほど！と驚かされたり、思いがけぬことに気づかされたり、笑わされたりすることが多いのです。もうひとつ、ある意味それで罪滅ぼしをしているという気分もあったりするのですが。

私はなにしろ、大学だけでなく、博士課程まで出してもらいましたし、海外でのフィールドワークが必要な学問を選んだので、奨学金をもらい、アルバイトをし、印税を使ってもなお、かなりの金額を親に援助してもらうことになってしまいました。

ふつうの娘さんの、何倍も親に迷惑をかけちゃったな、と申しわけなく思う気持ちがあるもので、就職し、作家になって印税が入るようになると、ふだんは離れて暮らしている母を海外旅行に連れて行って、親孝行しつつ、自分も楽しむようになったのでした。

作家というのはありがたい職業で、楽しい経験も哀しい経験もみな、作品を育てる糧《かて》になります。世界各地を旅してきて、そのとき見聞きした様々なことが、私の中で熟成して、物語を紡ぐときに大いに役立ってくれているのです。

二足の草鞋《わらじ》のもう一方、文化人類学の方も、ありがたい学問で、ツアー観光も立派に「考えるネタ」になってくれます。私は、先住民のイメージ表象に興味があるもので、観光は、とても大切な研究テーマのひとつなのです。

へえ、観光がテーマになるんですか、そりゃまあ、良い学問ですな、と笑う方もおられますが、観光人類学関係の本を読んでみると、きっと、その面白さが分かると思います。

自分が何者であり、他者からどう見られたいのか。そして、自分が他者をどう見ているのか。「らしさ」とは、どんな風にして醸《かも》し出《だ》されていくのか。——観光の中では、そういうことが、くっきりと姿を現す瞬間があるのですから。

高校二年生で初めて訪れたエディンバラに、十数年後に再び訪れたときのこと。

そういえば、バグパイプを買いに行って、道に迷ったのよ、なんて、母に話しながら、暗い夜の街をそぞろ歩いていると、石造りの重厚な建物の玄関の扉《とびら》がぱっと開き、オレンジ色の明かりが漏れました。

明かりのもとに現れたのは、背の高い男性たちで、みな、キルトを身に着け、穏やかに談笑しながら夜の街に溶けていきました。なにか行事か集会でもあるのかな、と思いながら見送っていると、母が、「写真撮りたかったねぇ」と、ささやきました。

え、それは、何か申しわけないでしょう、と、思ったのですが、ふと、そうか、母にとっては、いまの光景は、いかにもスコットランド的で、写真に残しておきたいものに見えたのか、と、気づきました。

一方、私には、「日常の暮らしの光景」に見えていて、だから、そういう日常の中にいる個人に、許可なくカメラを向けることを申しわけなく感じたのでしょう。

生まれ育った日本での日常を色濃く纏《まと》いながら異国を歩いている母と、フィールド（異文化）の中にいるとき、フィールドの中で生じているすべてを「そこでの日常」として見る癖がついてしまった私とでは、同じ光景を見ても、とっさに感じる「感覚」が違うのかもしれない、と気づいた一瞬でした。

もし、母がカメラを向けていたら、男性たちはどんな表情になったでしょうね。意外に大らかに微笑《ほほえ》んで、写真を撮らせてくれたかもしれません。キルトという「スコットランドの民族衣装」を自然に身に纏っていた彼らは、自分たちが、生粋《きっすい》のスコットランド人らしく見えていることを自覚していたでしょうから。

スコットランドを旅している最中、様々な人と、ちょっと会話を交わすたびに、うまく水を向けると、イギリスに対する複雑な感情を垣間見ることができました。

ご存知のとおり、イギリスの正式名称は「グレートブリテンおよび北アイルランド連合王国」で、イングランド、スコットランド、ウェールズ、北アイルランドという四つのカントリーが含まれる連合王国です。

私は母と一緒に、その四つのカントリーすべてを訪れることができたのですが、ウェールズや北アイルランドでも、地元の人々の言葉の端々に、独特の文化伝統と民族意識を強くもちながら、独立国ではない故郷への複雑な思いを感じることがありました。

ツアーでは、現地のガイドさんが様々なことを説明してくださるのも魅力で、「日本人は、どうも、イギリス人とスコットランド人をいっしょくたに考えてしまうみたいですけど、私たちスコットランド人は、イギリス人とは違う民族なんですよ」と、教えてくれたりします。

「スコットランドとイングランドは、文化的に違うことがたくさんあるし、正直、複雑な感情もあります。かつては、バグパイプの演奏や民族衣装の着用を禁止された時代もあったんですよ」と。

スコットランド高地人の誇りである民族衣装。でも、現在よく見かける、あのキルトは、実はイングランドとの関わりの中で生じてきたことを論じている、有名な本があるのです。その名も『創られた伝統』。

かつて、スコットランド高地人の多くは、一枚の大きなタータンの布をベルトやピンで留めて身に纏っていたのですが、十八世紀に、トマス・ローリンソンというイングランド人工場主が、雇っているスコットランド人たちの衣装が工場労働には不向きなので、上下を切り離し、肩掛けと腰巻に分けて、下を短いスカート状にしたのが大流行して、現在のキルト（フェリイ・ベグ）になったのだ、というのです。

「いかにもスコットランド的」に見える伝統衣装の裏側に、イングランドとの複雑な関わりの中で、時に憎悪し、時に共に仕事をし、すったもんだしながらつきあってきた長い歴史の変遷が隠れているのですね。

背の高い、素敵なスコットランド高地人男性の足をひっかけたら、そのキルトの下に見えるのは、はたして……?

ま、いまは、日本の女性たちも、和服の下にパンティはいていますからねえ。

根性《こんじょう》もん

ほかで使われているかどうか分からないけれど、家族の間ではよく使う表現ってありませんか？

うちの場合は、けっこうそういう表現があって、そのひとつに「根性《こんじょう》もん」というのがあります。「あの子はおとなしげだけど、なかなかの根性もんだよ」という風に使うのですが、我が家で一番の根性もんは、なんといっても母であります。

昭和八年生まれの乙女座。若かりし頃はかなりの美人で、私はたまに「なんでお母さまに似なかったのかしらね」などと、非常に失礼なことを言われたりします。不思議なことに、母が年をとってきたら、似てきたような気がして、それはそれであまりうれしくないのですが。

酉年《とりどし》の母と寅年《とらどし》の私。男っぽいことが大好きな私に対して、母は綺麗《きれい》なものが大好き。大らかで天然ボケの母と、気が短くて理屈っぽい私。性格はまるで似ていないのですが、ひとつだけ、これはもしかすると母譲りかも？　と思うことがあります。それは好奇心と、突如発揮される無鉄砲《むてっぽう》さで、ふたりとも何かの拍子に、ふっと、周りが「え？」と思うような行動をしてしまうところがあるのです。

オーストラリアでのフィールドワークを終え、良い機会だから、と、母と弟を呼び寄せて、中央砂漠を案内し、その地域のアボリジニの文化を学ぶツアーに参加したときのこと。

料理するためにトカゲの腹を裂いていたガイドの男性が、「お、こいつ卵抱《だ》いてましたよ。誰か、食べてみます？」と尋ねた瞬間、彼の身振りで、問いかけの意味を察したのでしょう、母が、間髪《かんはつ》を入れず「はいっ！」と手をあげたもので、一緒にいた白人観光客たちが、びっくりして目を丸くしました。

「……人間の食べるもんじゃないよ、それ」と、つぶやいている弟に、「でも、ここでしか食べられないのよ」と答えながら、トカゲの卵を食べている母を見て、うん、やっぱり私、この人の子だな、と思ったものです。

世界最大級の一枚岩ウルル（エアーズロック）は、日没のとき、つかのまバラ色に燃え上がって見えることがあり、その光景をひと目見ようと多くの人がブッシュに佇《たたず》んで日没を待つのですが、ふと気づくと母がいません。

どこ行った？　と、焦って見まわしてみると、背の低い灌木《かんぼく》の茂みの陰に、ちょこん、と身をかがめて座っているではありませんか。

「なにしてるの？」と、尋ねると、「カンガルーの真似してるの。写真撮って」。

呆然としている私の周囲で、母のポーズに気づいたオーストラリア人観光客たちが、大笑いしながら、自分たちもカンガルー・ポーズになって写真を撮りはじめ、私と弟は、つくづく変な人だよな、うちの母は、と赤面しておりました。

そういう天然なところがある一方で、やはり昔の人らしく、母は、他者に対してとても気を遣います。迷惑をかけたら申しわけない、という気持ちが焦りにつながって、旅の途中で大怪我をしたことがありました。

ちょうどダイアナ妃《ひ》が交通事故で亡くなったとき、私たちもフランスにいたのですが、リンゴからカルヴァドスという蒸留酒を造っている大きな農家の、樽《たる》を転がすための坂で、樽の代わりに母が転がり落ちてくれたのです。ツアーでご一緒していたほかの方々を待たせてはいけない、と焦って、小走りで坂を下りようとして足を滑らせたのでした。

幸い頭は打たなかったのですが、踝《くるぶし》がみるみるうちにリンゴぐらいに腫れあがりました。ひと目で、骨折しているか、罅《ひび》が入っているな、と分かる腫れ方で、とてもじゃないけれど歩けないだろう、と思うのに、母は大丈夫、大丈夫と言い張りました。

帰国してからレントゲンを撮ったら、やはり骨折していたのですが、母は怪我をしたあと、一週間以上病院にも行かず、傘を杖《つえ》代わりにして旅を続けたのです。

私の父は洋画家なもので、母は絵を見ることが大好き。その旅は、オーヴェル・シュル・オワーズというゴッホ終焉《しゆうえん》の地を訪ねる旅でしたから、母はなんとしても、そこだけは見たい、と、その一心で頑張りつづけたのでしょう。

とはいえ、痛みは我慢できても、踝が折れているのですから、地面に足をつくたびにがくっとなり、なかなか歩けません。とくに、ゴッホが自分の胸を銃で撃ったとされる（実際にそうだったかは異論もあるようですが）、あの有名な麦畑は延々と坂を上ったところにあり、母が歩いていけるはずがありませんでした。

「ここが見たくて、ここまで来たのに」

と、哀しげにつぶやくのを聞いて、私は一発奮起しました。

「よっしゃ、おぶってやるわ」と言い、有無をいわさず母を背負うと、一緒に旅していた、優しいご夫婦たちが、私たちを支えて、荷物を持ってくださいました。みなさん、とても良い方たちで、母が迷惑をかけていることをまったく咎《とが》めず、気に病まぬよう朗らかに接してくださったのです。その方々とは、旅から十年以上経ったいまもなお、年に数回会って食事をする交遊関係が続いています。

荷物を持っていただいても、母を背負って坂道を上るのは、かなりの難行苦行でした。小柄で、四十八キロぐらいしかないけれど、夏の盛りです。息を切らし、汗をだらだら垂らしながら、ようやく坂を上り切ると、目の前には、麦を刈りとったばかりの畑が広がっていました。なんということもない、ただの畑です。

「かあちゃん、麦畑……」つぶやきながら見た、その、ただの畑の光景は、忘れることができません。

その後も母は、しっかりツアーを満喫しました。

ルーブル美術館では車椅子を借りて乗せたのですが、ある絵の前を通り過ぎようとしたとたん、「あ！　あれ、見たい！　止めて！」と叫ばれて、慌てて止めたとたん、スポッと取っ手が外れ、車椅子ごと母だけが、スーッと飛んで行ってしまったこともありました。とっさに「日本人老女名画に激突」という新聞見出しが頭に浮かんだものです。

ヒースロー空港でも肝《きも》を冷やした瞬間がありました。

車椅子がすべて借りだされてしまっていて、仕方がないのでスーツケース・キャリアーにスーツケースを置き、その上に母を座らせて、人に笑われつつ押していったのですが、スーツケースの上に母を置いたまま、トイレに行って戻ってくると、母がいないではありませんか。ぎょっとして、あたりを見まわすと、免税品店《めんぜいひんてん》に見慣れた後ろ姿が……。

なんと、片足を引き摺り、時折ケンケンしながら、スーツケース・キャリアーを押して、母は免税品をあれやこれや買っていたのでした。

（……なんで、こういうときだけ歩けるんだろう？）と、脱力した私に、にこにこしながら戻ってきた母は、戦利品を見せて、

「いっぱい買っちゃった、持ってね」

と、言ったのでした。

帰国後、当時はまだ実家にいた弟が電話をかけてきて、

「姉貴、すげぇぞ。いま家に来たら、遊星からの物体Xみたいなもんが見られる」

と、言うではありませんか。なんじゃそれ、と思って聞き返すと、なんと母は、

「きついから、いや」と、ギプスを勝手に外してしまったのだとのこと。

ギプスなしで、移動は這い這い。意外なスピードで廊下を這って移動していく母を、弟は「遊星からの物体X」と表現したのです。

最後の驚《おどろ》きはフィルムを現像したときで、母はなんと、動けない状態で大量の写真を撮っていたのです。意外に良い角度で、面白《おもしろ》い構図になっている写真を見ながら、私は、つくづく、うちの母は、根性もんだな、と思ったのでした。

名付けてはいけません

フィッシュ・アンド・チップスって、ご存知ですか？

そう、あのイギリス名物（?）の白身魚の揚げ物です。「フィシュンチップス」と発音すると、よりそれらしく聞こえるアレ、揚げたての最初の一口は、サクッとして、とてもおいしいのです……が、油がきついので、かよわい私は、全部食べきると、胃がもたれてしまいます。

オーストラリアの田舎町では、フィッシュンチップスを頼むと、広げた新聞紙の上に、ザッザッとポテトのチップス（日本ではフレンチフライと呼ぶ、アレです）を盛り、その上に、ドサッと黄金色《こがねいろ》の魚の揚げ物を載《の》せて、パッパッと包んで、「ほいよ」と渡してくれます。

オーストラリアでも、もちろんおいしいシー・フードはありますが、内陸の田舎町では、なかなか魚介《ぎょかい》の料理を食べる機会がなくて、たまに魚を食べたくなると、油ぎとぎとの衣を外して、中の白身を食べたりしたのでした。

　イギリスではタラで作ることが多いようですが、オーストラリアでは鮫の肉も使うことがあるので、湯気がたっている鮫の白身を食べながら、人間って怖いよなぁ、鮫、食べちゃうんだもんなぁ、と思ったものです。

　オーストラリアやヨーロッパを旅していると、つくづく、日本の食卓には魚介類が頻繁に上っているのだと気づかされます。

　もちろん、ヨーロッパでも地中海沿岸の諸国では、それはそれはおいしいシー・フードを食べられますし、イギリスだってドーバー・ソール（ドーバー産の舌平目）などはほんとうにおいしいですが、新鮮な刺身を、ちょいと醤油に浸けて食べることに慣れている私には、ソースやら何やらで味付けしている魚料理に、ちと、疲れる、ということもあるのです。

　以前、あるテレビ番組で、ドイツの魚屋さんで、魚の目玉をとってくれるサーヴイスがあることを見せていて、私はそれを録画して、授業で使っていました。

　ドイツ人の男性が「私には魚が悪魔に見えます。目があってしまうと食欲がなくなってしまうのです」と言っているシーンを見せながら、文化って、日常の暮らしの中で、いつの間にか感覚にまで沁《し》み込《こ》んでしまっているもので、食欲すら左右することがあるんだよね、と話すと、学生さんたちは面白そうに聞いてくれたものです。

塩をふってこんがりと焼いた鮎の串焼きなどは、私にとっては、見た瞬間、わ、おいしそう！　と、口の中に涎《よだれ》がでてくる料理ですけれど、この鮎の串焼きのビデオをアボリジニの子どもたちに見せたら、「げ〜！　日本人って残酷っ！」と、叫びました。鮎に串を打っていくシーンが残酷に見えたのでしょうね。

あんたたちだって、カンガルーを逆《さか》さ剝《む》きにしてるじゃんと笑うと、彼らは、「それは別に気持ち悪くないもん」と、口をとんがらかしました。「串に刺された魚なんて、げっ、だよ」と。

食べ慣れている料理、食べ慣れていない料理。育ってきた環境が違えば、おいしそう、と感じるものも違う。面白いものですね。

お世話になったオーストラリア人のご夫婦を和食のレストランに招待して、鮨《すし》やすき焼きなどをご馳走したことがあるのですが、おいしい、おいしいと、食べてくださったおふたりに、どれが一番おいしかったですか？　と、尋ねたら、「これが最高だったわ」と、ガリ（紅ショウガ）を箸《はし》で持ち上げられて、がっくりきたこともあります。

母と一緒に旅をする中でも、様々な面白い経験をしました。魚といえば、忘れられないのが、ハンガリーの鯉《こい》です。

ハンガリーの首都ブダペストを訪《おとず》れたときのこと。

鎖橋《くさりばし》の下を大河ドナウが、ゆったりと流れる中欧の古都、「ドナウ川のさざ波」の、あの哀愁溢れる調べがよく似合う、どこか物憂《ものう》い、美しい街の中央市場で、信じられない光景を目にしたのでした。

どこでも市場は活気に溢れていて、一歩中に足を踏み入れると、わくわくするものですが、ハンガリーの中央市場では、まず目につくのが色鮮やかなパプリカの山。店先にわっさとぶら下げている店もあって、やあ、ハンガリーに来たなぁ、という気分になります。

フォアグラも安い！　積み上げられた缶詰の値段を見ると、思わず、何個も買ってしまいたくなるお値段で、うきうき、わくわく、なんだかんだと話しながら、通路を歩いて行き……その光景に出くわしたのでした。

目の前に、壁一面を占める巨大な水槽が現れたのです。

(水槽？　なんの水槽？　なんか、変な色をしているけど……)

つかのま、自分が何を見ているのか分からなかったのですが、すぐに、「変な色」に見えたのは、魚がぎっしり詰まっているせいだ、ということに気づきました。

「……あれ、なんですか」

呆然として尋ねると、ガイドさんは、事もなげに、

「あれ？　あれは鯉ですよ」

と、答えました。

鯉？　まあ、たしかに、そう言われてみれば鯉ではあるのですが、物凄い数の鯉が、まるでパッキングでもされているかのように、ぎっちぎっちに巨大な水槽の中に詰めこまれているのです。

一瞬、山手線《やまのてせん》のラッシュアワーを思いだしてしまいましたが、窒息《ちっそく》しかけているのか、目が赤い鯉たちが、動くことすらできず、じっとこちらを見ているその光景は、かなり恐ろしいものでした。

「あれ、生きてるんですか？」

「生きてますよ、口が動いているでしょう？」と、ガイドさん。

いや、たしかに動いていますけど、見ているだけで息苦しくなるんですが、と思っていると、

「ハンガリーでは、クリスマスには鯉を食べるんですよ」

ガイドさんが微笑みながら話し出しました。

「むかしから、クリスマスには鯉の料理、というのが伝統なんですけれどね、近頃は、ちょっと面白い変化が起きているんです。

ああいう水槽からお父さんが鯉を買って帰ってくると、まず、浴槽に水をはります」

「浴槽？　お風呂の？」

「ええ。クリスマスまで生かしておかないと、味が落ちますから。しばらくお風呂には入れません。

でね、浴槽であぷあぷ泳いでいる鯉に、子どもたちが名前をつけちゃったりするわけです。

そうやってクリスマスまでペットみたいに飼ってしまうと、情が移っちゃって、いざ、クリスマスの料理を作るぞ、という時になると、子どもたちが大泣きして、鯉の命乞いをするんですよ。

だもんで、クリスマスになると、ドナウ川に鯉を流しにいくお父さんたちの姿が、いまは風物詩みたいになってるんです」

なるほど、そうなっちゃうでしょうねぇ、と聞いている私たちも、笑いだしてしまいました。

情けない顔をして、おいしく食べるはずだった鯉を、麗《うるわ》しの大河ドナウへ逃がしてやるお父さんたちの姿が目に見えるようで、なんだか、いいなぁ、と思ったものです。

鯉はおいしいお魚。でも、名付けてしまうと、いきなり、かけがえのない命を生きている個性ある生き物に変わってしまう。

名付けなければ気安く扱えたのに、名付けたとたん、扱いにくい何かに変わってしまうなんて、やっぱり、コイは、うかうか名付けちゃいけませんなぁ。

触《さわ》って、嗅《か》いで、驚《おどろ》いて

最近、なんだか、気候が極端ですよね。つい「気象が荒くなってる」なんて、文字で読まなきゃ分からないダジャレを書きたくなってしまうくらいに。

降れば土砂降り、冬は厳寒、夏は猛暑。気象庁が「これまでに経験したことのないような」という表現を使うようになりましたけれど、その「経験」の数値がどんどん上がっていくのではないかと不安になります。

私が子どもだった頃は、学校にクーラーなどなくて、それでも、暑い暑いと言いながら、なんとか過ごせたものです。三十度を超えると、物凄く暑い日、という気がしていましたが、いまは夏になれば三十六度がさして珍しくないのですから、これからどうなっちゃうんだろう、と思ってしまいます。

竜巻なんて、少し前までは、日本で実際に生じるなんて信じられなかった現象だと思うのですが、いまは、毎年のように被害が報告されていますしね。

昨年の初秋、私が住んでいる我孫子《あびこ》から、それほど遠くない野田《のだ》が竜巻の被害を受けてしまいましたが、そのニュースを見ながら、そういえば、以前、でかい雹《ひょう》が降ったことがあったなあ、と思いだしました。

その時、私は大学の研究室でゼミをしていたのですが、窓から見える空が、すぱっと線を引いたように、上下でくっきり色が分かれたのです。上は墨を溶かしたような禍々《まがまが》しい暗さで、下は妙に明るい。黄色の光をたたえているような明るさでした。

学生さんたちと「なんか、ゴジラでも出そうだね」などと笑った……次の瞬間、ババババッと硬い物が壁や窓にぶち当たる音が始まりました。

マシンガンで撃たれているような、と言ったら、大袈裟と笑われそうですが、それはもうほんとうに異常な音で、とっさに、これは危ない、と思い、学生さんたちを廊下に避難させました。

窓ガラスが割れる音があちこちで響き、窓から離れて正解だった、と思ったのですが、ふと、ゴウッという凄《すご》い風の音が聞こえてきたので、雹が当たっているのと反対側の窓を見ると、そちら側にも信じられない光景が広がっていたのです。

緑の葉っぱが、びゅんびゅん、渦《うず》を巻いて舞《ま》いあがっていて、窓の外一面が、葉つぱの嵐でした。

さほど長い時間ではなかったのでしょうが、雹と風が止んだとき、うちの大学では八十枚の窓ガラスが割れ、駐車場に停めてあった私たちの車はボコボコになり、テイルランプの部分などが破損していました。

そのすべてが、怖い体験ではあったのですけれど、私が何より驚き、いまでも忘れられないのは匂いです。被害の状況を見るために外に出ると、いきなり、新鮮なバジルを大量に使ったバジルソースのような、物凄い、青臭い匂いに全身包まれたのです。

それは、暴風にちぎられた緑の葉の匂いでした。あたり一面に白濁したゴルフボールのような雹と緑の葉が散乱し、少し前の騒ぎが嘘のように晴れあがった空の下、お日さまに暖められ、輝きながら、青臭い匂いを放っていたのです。

そのとき、これは体験しなければ頭に浮かぶことのないディテールだな、と思いました。

作家は、実際に経験していないことでも、過去の多くの経験の断片から繋ぎ合わせて、あたかも目の前で見ているかのごとく描き出すことができるものです。そうでなくては、創作をする意味もありません。

でも、実際に経験していなければ分からない、ということはたしかにあって、そういうことに出会うたびに、宝物をもらったような気持ちになります。

ドナウ川が西へと大きく曲がるドナウベンドを見下ろす崖《がけ》の上に、ヴィシェグラードという古い要塞《ようさい》があるのですが、えっちらおっちら坂を上って、その要塞に辿り着いたときのこと。

中世の衣装を身に纏《まと》った鷹匠《たかじょう》が、にっこり微笑んで、鷹を腕に据えてみますか？と、声をかけてきたのです。

もちろん観光用で、実際に鷹狩りをやっていたわけではありませんが、私は大喜びで、鷹を腕に乗せてもらいました。かなり大きな鷹でしたから、さぞかし重いだろう、と腕に力を入れていたのですが、静かに腕に乗った鷹は、拍子抜《ひょうしぬ》けするほどに軽くて驚きました。たしかに多少は重みを感じますが、イメージしていた重さとはまったく違《ちが》って、ふわっと乗った、という感じだったのです。

そうか、これが空を飛ぶ生き物の身体《からだ》なのだ、と思いました。鳥の骨は中空になっていて、筋交《すじか》い構造で軽さと強度を両立させていると聞いたことがありますが、その微妙《びみょう》な重さは、いまもはっきりと思いだせます。

ケルト文化を色濃《いろこ》く残すウェールズを旅したときにも、得がたい体験をしました。

アーサー王の墓があることで有名な（実際にそうかどうかは、もちろん不明のままですが）グラストンベリー修道院を訪《おとず》れたときのこと。

ちょうど中世フェスタの開催日《かいさいび》で、中世の衣装を身に纏った人々が当時の台所を再現したり、薬草の仕分けをしていたり、様々な「再現イベント」をやっていたのです。

これはもう、私にとっては宝の山に入ったようなもので、後で、「首輪が外れた犬みたいだった」と母に言われましたが、まさに興奮している犬さながらに、あっちに顔をつっこみ、こっちに顔をつっこみ、質問をし、メモをとり、と、駆《か》けまわってしまいました。

とくに興奮したのが、武具を展示していた天幕でした。戦斧《せんぷ》やら、両手で扱《あつか》うグレートソードやらが所狭《ところせま》しと並べられていて、武器大好きの私にとってはもう楽園そのもの。

私が顔を真っ赤にして様々な質問をするもので、髭面《ひげづら》・太鼓腹《たいこばら》のおっさんが苦笑《くしょう》しながら、

「そんなに好きなら、鎖帷子《くさりかたびら》、着てみるかい？」

と、言ってくれたのです。

かくして、鎖帷子をじゃらじゃらとたくし上げ、頭から被《かぶ》せてもらって身に纏い、腕には大きな金属製の籠手《こて》をつけ、剣《けん》を持たせてもらうことになったのですが、ひとつ、ひとつ、ひとつ身に着けながら驚いたのは、その「軽さ」でした。

いや、重いのです。下に置いてあったそれを手に持ったときはとても重くて、こんなの身に着けられるかな、と思ったのですが、身に纏ってしまうと、その重さが消えていくのです。

人間の身体の構造は、こういう風にできている。頭という、とてつもなく重いものを支えるようにできているこの身体に纏ってしまえば、目で見、手で持って感じて、想像していたよりも、鎖帷子も鎧《よろい》も遥《はる》かに軽いのだ、と、知った瞬間でした。

日本人の小柄《こがら》な女性が鎧を纏っているのが面白《おもしろ》かったのでしょう。いつの間にか、周りには多くの観光客が集まりはじめていました。

母が、いやねえ、この子はもう、などと言いながら、写真をパシャパシャ撮《と》っていて、私が剣を構えてポーズをとると、周囲から、わっと笑い声があがりました。

「さ、こいつを被れば、騎士《きし》一丁上がりだ」

おっさんが、笑いながら胡桃形《くるみがた》の兜《かぶと》を被せてくれたとき、潮《しお》が退《ひ》いて行くように周囲の物音が遠ざかり、鈍《にぶ》くくぐもり、代わりに自分の鼓動《こどう》がトック、トックと耳の奥《おく》で聞こえるようになりました。

中世の兵士たちは、戦線で、こんな音を聞きながら戦《いくさ》の始まりを待っていたのでしょう。

晴れあがった青空の透明《とうめい》な光のもと、風の音も馬の嘶《いなな》きもくぐもって遠のき、代わりに大きく聞こえてくる、いまはまだ生きている自分の鼓動の音に、じっと耳を澄《す》まして。

登るか、もぐるか

月並みかもしれませんが、雲ひとつない青空を見上げていると、無性に、ああ、あの空を飛んでみたい、と思うこと、ありませんか。飛行機の窓から外を眺めるのではなく、全身に風を受けて大空を飛びたい、という思いがこみあげてくることが。

そんなことを友人たちに話すと、はぁ？　と眉をあげて、「あんた、高いところ、苦手じゃなかったっけ？」と言われてしまうのですが。そうなんですよ、私、実は、高いところは苦手です。いわゆる高所恐怖症で、垂直に、すとーん、と落ちこむ風景が見えると、膝ががくがく震え、いやな汗が出てきます。

『精霊の守り人《もりびと》』のアニメ化の企画が来たとき、電通のビルの、レインボーブリッジが見える、見晴らし最高！　の部屋で監督の神山健治《かみやまけんじ》さんたちとの顔合わせがあったのですが、私は、その「最高の見晴らし」に背を向けて、ひたすら、神山さんの顔を見つめていたものです。

子どもの頃は、そんなことはなかったのですがね。以前、オーストラリアで、製塩プラントを見に行ったとき、円錐形《えんすいけい》に積み上げられた巨大な塩の山を見下ろせる、数階建てのビルに相当する高さの足場に登らされたことがあり、足元はすけすけの金網《かなあみ》で、そこから下を見てしまって……動けなくなった、その記憶が、いまも鮮明に脳みそに焼き付いているらしく、高いところに登るたびに、腰のあたりから脳天まで、じわわわん、と、震えが駆け上ってくるのです。

ちなみに、うちの母は高いところが大好き。名所旧跡には、とんでもなく高いところ、というのがけっこうあるのですが、たとえば、アイルランドの、荒海へと垂直に切り落とされたようなモハーの断崖でも、母は崖の端から身を乗りだして、大喜びで、海を見下ろしておりました。

モハーの断崖には柵《さく》がなくて、観光客はハーネスをつけ、添乗員さんがそのハーネスの端を握って、崖の端から下をのぞくのです。でもね、添乗員さん、女性だったのですよ。崖が崩れたら、どう考えても観光客と一蓮托生《いちれんたくしょう》で、うひゃ〜と叫びながら落ちるしかない。その光景がありありと頭に浮かんだもので、私は、もう、ぶるぶるの、がくがく状態だったのですが、しかし、いずれ、こういう断崖の場面を描くかもしれないと思うと、見ないわけにはいかない。顔で笑って、心で泣きながら、断崖に伏せて、海を見下ろしましたが、修験者《しゅげんじゃ》が崖から上半身を乗りだす、あの修行の意味が体の芯から分かった気がしたものです。

お城なども、高所恐怖症の人間にとっては怖い場所なのですよね。山の上に築かれていることが多いですし、平城《ひらじろ》でも、「転落」を武器にして、敵の侵攻を防ぐ様々な工夫が施《ほどこ》されていたりしますから。

たとえば、城の中の階段。ミラノのスフォルツァ城のように、馬で城内まで駆け上がれるように造られた幅広の階段がある一方で、鎧《よろい》を纏《まと》ったままでは身動きが難しい階段もあります。

狭くて、ぐるぐると曲がりながら登っていく形の階段もそのひとつですが、なるほどなぁ、と思ったのは、一段、一段の奥行《おくゆ》きを狭めてある階段で、鎧を纏った兵士の靴では、ちゃんと体重を乗せられない構造になっているのです。

こういうものは、実際に足で踏んで登ってみると、その構造の意味が体感できて、ありがたいわけですが、でもね、ほんとうに怖いですよ、石段ですしね、足を踏み外したら、えらいことになりますもの。

ちなみに、敵から逃《のが》れるために選ばれた場所には地下もありますね。こちらは閉所恐怖症の人には苦手な場所でしょうが、根っからのホビット気質（いや、この場合はドワーフ気質かな？）の私は、こっちの方は好きだったりします。

子どもの頃、卓袱台《ちゃぶだい》の下にもぐるのが好きだった人、けっこう、いるのではないでしょうか。私は、そういう穴倉っぽいところにもぐるのが大好きで、幼い頃、父の机の下に隠れたまま眠ってしまい、目が覚めたら警察に連絡する寸前の騒ぎになっていた、という、とんでもない思い出があります。

穴倉って、なんともいえぬ安心感があるのですよね。猫がのそのそと炬燵《こたつ》の中に入って、丸まって眠ってしまうように、四方を囲まれたところで、ぬくぬくと眠るというのは、心地よいものです。

砂漠で、満天の星を見ながら、寝袋ひとつで眠るのも気持ちいいものですが、自分でも信じられぬほど深く眠れたのは、地下の部屋で眠ったときでした。

オーストラリアは良質のオパールが採れることで有名ですが、中央砂漠の小さな町、クーバーピディには、オパールを採掘したあとの穴を利用した地下の施設や、わざわざ地下に造られたホテルや教会があります。真夏には、地上は五十度を超すこともありますから、地下の住居の方が快適ですしね。冷暖房費用も安く済むので、地上の住居より、地下住居の方が高価なのです。

小さな町ですが、見どころはけっこう多くて、オパールの採掘坑《さいくつこう》などを見ることもできます。採掘坑の岩壁に、まだ、オパールの筋が見えているところもあったりして、母は、ガイドの説明を聞くふりをしながら、しきりに爪でオパールをひっかいていたものです。無駄な努力と知りつつも、やりたかった気持ち、ちょっと分かりますが、お馬鹿ですねぇ。

恩師の青柳《あおやぎ》先生とも、調査の途中で、この町を訪れたことがあるのですが、先生はこの地下の部屋を見まわして、綺麗だけど、息苦しくていやだわ、と、おっしゃっていました。たしかに、そうかもしれません。窓がありませんし。

でも、私は、地下に造られたホテルの広い部屋に入り、ぴたっとドアを閉じて、ベッドに横たわったとき、ふわっと何かに包まれたような、不思議な心地になったのです。うっすらと暗く、かすかに暖かい、音のない空間。その地の底の静けさの中で、私は、途中一度も目覚めることなく、とてつもなく深い眠りを味わったのでした。

あの感覚はなんだったのだろう、と、いまでも思います。子宮に戻ったような気持ちだったのじゃない？　と、言った人もいますが、そういう感じではなくて、もっと根源的な、もっと広々とした感覚。大袈裟《おおげさ》ですが、大地と一体化してしまったような、静かな心地でした。

トルコのカッパドキアにも洞窟ホテルがあったので、また、あの感覚を味わえるかな、と、わくわくしながら泊まったのですが、残念ながら、そのホテルでは、あの感覚は訪れてきませんでした。カッパドキアの場合、洞窟といっても、地下ではなく、にょきっと地上に生えているような奇岩の中の洞穴なので、むしろ、高いところにいるような感覚だったせいかもしれません。

ローマ帝国の迫害から逃れてきた初期キリスト教徒が造ったといわれている、カッパドキアの地下都市カイマクルは、何層にも分かれていて、食堂もあれば、学校もあり、ワイナリーまであるという、とてつもなく広い地下都市でした。

しかし、二万人もの人が、あの中で暮らしていたかと思うと、地下好きの私でも、そういう暮らしは、さすがに勘弁、と思ってしまいます。

通路の途中に巨大な石の貨幣のようなものがあって、これはなんだろう、と思ったら、なんと、防御用の扉でした。敵が侵入してきたら、ゴロゴロッと転がして道を塞いだのだそうです。

遥か高所へ登り、深い地下へもぐり、常に、襲撃を恐れ、その不安から逃れるために工夫をこらして生きていた人たち。城や地下都市の中を歩くたびにおぼえる、寒々とした感じは、それを築いた人々の不安が生みだした様々な造形から、醸し出されているのかもしれません。

考えてみれば、クーバーピディの地下都市は、暑さから逃れるために造られたものですから、刺々《とげとげ》しい不安とは無縁でした。だからこそ、私は、あの地下の部屋で、日除けの下の猫のような安らかな心地になれたのかもしれません。

では、空に憧れる気持ちは？

理屈は様々、思いつけそうですが、まあ、やめておきましょう。空は空。それで、良いような気がしますから。

故郷の味の遠近法

昨年の秋、イタリアのボローニャの街をそぞろ歩いていたら、果物屋さんの店先で、見たこともないほど、でっかいイチジクやら何やらの間に、艶々と光っている柿を見つけました。

くっきりとした文字で〝ｋａｋｉ〟と、名札をつけられて、異国の果物の間にちょこんと座っている灯火色の柿が、なんとも健気《けなげ》に見えて、ついつい、心の中で話しかけておりました。

「あなたの故郷は、遠い遠い東の国なんだよ。私たちは、あなたが店先に並ぶと、ああ、秋が来たな、と思うんだけど、イタリア人の食卓でも、今年のカキは甘いね、などと言われながら食べられてるんだねえ」と。

帰国してから、気になって調べてみたら、柿は十八世紀にはヨーロッパに伝わり、二十世紀の初めには、イタリアにも伝わっていたのですね。イタリアでも栽培されているそうですから、あの店先に並んでいたのは、きっと、イタリア生まれの柿だったのでしょう。

旅の途中でしたから、残念ながら買って食べる機会はなかったのですけれど、イタリア産の柿は、さて、日本の柿と同じ味だったのでしょうか。外国で売られている食べ物の中には、一見、日本の物と同じように見えても、食べてみると、ありゃ？　と思うくらい違うことがありますから、案外、びっくりするほどイタリアンな味だったのかもしれません。

短い旅行の間なら、それもまた、面白くて楽しい経験ですが、長い調査をしていて、無性に、日本の食べ物が懐かしくなっているときに、期待と異なる味に出会うと、なんとも切ないというか、哀しい気持ちになってしまいます。

ああ、お正月が近いな、日本にいたらミカンを食べている頃だなぁ、などと思いながら、ひとり寂しくオーストラリアのマーケットの中を歩いていて、日本のミカンによく似たマンダリンを見つけ、大喜びで買って帰って、食べてみて、「うう、なにか違う、これじゃないんだ！」と、悶えてしまったことがありました。

いっそオレンジのように、姿も違う物を食べていたのなら、そんな気持ちにもならなかったのでしょうけれど、なまじ姿が似ているだけに、中身の微妙な違いが、故郷からの遠さを告げているようで、切なくなってしまったのです。

ナスやキュウリなど、どこでも見かける野菜でも、油断はできません。異国の土で育ったものは、どこか違うかもしれないぞ、と思っていないと、えらい目にあうことがあります。

オーストラリアで調査をしていたときのこと。居候《いそうろう》をしていた家の奥さんから、「なにか日本料理を作ってよ。あんまり凝《こ》ったものじゃなくて、こちらで手軽に手に入る食材でもできそうなものを教えて」と言われ、ぱっと思いついたのが天ぷらで、目も当てられない大失敗をしてしまいました。

天ぷらは、素人には難しい料理ですけれど、それでも、ナスもタマネギもニンジンも手に入りやすいし、氷水を使ったり、様々に気をつければ、まあ、なんとか食べられる味にはできるんじゃないかと思ったのが大間違《おおまちが》い。

お店で売っているナスが異様にデカくて、むむ？　と、思ったときに、路線変更をしておけば良かったのです。案の定、家に帰って、切ってみたら、デカナスくんの腹の中は、まっ黒に見えるほど種がいっぱいで、しかも、この種がみな固い！　フォークでほじくりだしたら灰汁《あく》が出てきてしまい、日本で、スコーン、スコーンと切ったときの、あの青臭い、ある種爽やかな匂いのする白い肌とはまるで違う様相。

しかも、その家にはガスコンロがなくて、熱量の低い電熱フライパンで、低温で揚げたデカナスの天ぷらは、べとべとの、犬もそっぽを向く代物《しろもの》になってしまったのでした。

その家で、唯一大好評を博したのはオムライスで、白飯を鍋で炊き、ミックスベジタブルやタマネギのみじん切り、マッシュルームを刻んだものをたっぷりのバターで炒めて混ぜ合わせ、トマトソース（ケチャップ）で味付けし、オムライスのように卵でで包んであげたら、子どもたちが、大喜びで食べてくれました。

ま、日本料理じゃないけれど、日本生まれの「洋食」だって、立派に日本の料理だから、いいや、と、胸をなでおろしていたら、オムライスを食べ終えて、スプーンを舐め、まだ口の傍にケチャップを付けている子どもたちが、「その残っている白いライス、もう使わない？」と聞いてきました。

「使わないけど、どうして？」と、答えると、彼らは、やった！　という顔になって、ニコニコしながら、毎朝シリアルを入れて食べている器《うつわ》を持ってくるや、白いご飯をその中に盛り、その上に、なんと、コンデンスミルクを、たらたらとかけはじめたのです。

啞然としている私の目の前で、彼らはおいしそうに、こってり甘いミルクをまぶした白飯をスプーンですくって食べはじめました。

「ライス・プディング、おいしいよ！　ナホコもいる？」という、優しい彼らのお言葉に、丁重に、けっこうでございます、と答えながら、ごめんね、炊き立ての白飯じゃなかったら、許せたんだけどね、と、心の中でつぶやいておりました。

とはいえ、白飯でなくとも、私たちが「外米」と呼ぶ、あの細長いインディカ米を、かなり硬《かた》い、歯ごたえのある状態でサラダと一緒にドレッシングをかけて出されたときも、ううむ、やっぱりお米は、ふっくら炊かれた方がいいな、と思ってしまいましたから、きっと、理屈ではなく、身体に沁みついてしまっている味覚が、これじゃない、と、ささやいているのでしょう。それを無視するのが、どうも、難しい。

食べてみれば、意外においしかったかもしれないのですけどね、コンデンスミルクをまぶした白飯。でも、いま、やってみるか、と言われれば、やはり、積極的にやってみたくはなかったりします。

こんな風に、異国で日本の味を求めると、情けないはめに陥《おち》ることが多いのですが、その一方で、見事な知恵で、びっくりするような「故郷の味」を味わったこともありました。

　国際基督教大学の学生さんたち数人と、アボリジニのコミュニティを訪ねてまわった旅の途中で、アボリジニから、釣《つ》ったばかりの、でっかい鯉《こい》をもらったときのこと。

「わあ！　ありがとう！」と、喜んでみせたものの、魚焼き器どころか焚火《たきび》しかない。その上、大きな鍋もないのに、こんなでかい鯉、さて、どうやって料理したものか、と途方に暮れたとき、ひとりの男子学生が、「よっしゃ、鯉の味噌汁作りましょうよ」と腕まくりして、ドラム缶を洗いはじめたのでした。

　まさか、と思いながらも、みなで手伝ってドラム缶を洗い、水を入れて焚火の脇に置いて煮立たせ、鯉を捌《さば》いて大きな切り身にし、豪快に煮て、最後に味噌を入れて、もうひと煮立ち。

　でき上がった鯉の味噌汁もどきを、ありあわせの器によそって、すすったとたん、みんな、思わず歓声をあげてしまいました。出汁も酒もなかったのに、その鯉の味噌汁の、なんと美味かったこと！　お相伴《しょうばん》してくれたアボリジニの若者たちも、食べたことのない味だけど、魚の生臭みが消えて美味い、と喜んでくれました。

どうしても、あの味でなければ、と思っているときには、違いばかりが気になるのに、ま、違って当然、少しでも似ていれば上等さ、と思いながら作ったときには、身も心も温まる懐かしい味に思える。異国で出会う故郷の味というのは、そういうものなのかもしれません。

暑さ、寒さも

暑さ寒さも彼岸まで――むかしから言い習わされてきたそんな言葉が、少し前までは、ほんとうに言い得て妙、と思われたものですが、ここ数年、天候の様子が変わってきて、春のお彼岸はともかく、秋はお彼岸を過ぎてもまだ、平気で三十度を超える日がありますね。その上、夏も冬も、暑さ、寒さの「ふり幅」が極端になっているような気がします。

夏になると、三十五度を軽く超えるような日が多くなった、という嘆きは、以前も書きましたが、冬も厳しくなって、東京でも大雪が降る日が増えてきたようです。

このエッセーが雑誌に掲載されるのは七月ですが、書いている「今」は二〇一四年二月十四日で、外は大雪。木々の枝にこんもりと雪が積もり、街がまるごと異界に変わってしまったかのような幻想的な風景が広がっています。

先週も東京で二十センチを超える積雪があって、四十五年ぶりの大雪と騒がれたばかりですが、これからは、このくらいの雪が東京でも頻繁に降るようになるのではないでしょうかね。

実は昨年の十二月、うちのエアコンが突然ぶっ壊れて、えらい目にあいました。折しも、その日は、雪がちらつくのでは、と言われるくらいに寒い日で、小さな電気ストーブなどでは部屋がまったく暖まらず、肩には肩ホットン、腰には腰ホットンを貼り付けて、靴下の裏にも爪先用ホッカイロを貼って、それでも時折、「寒いぞ、ちきしょ〜」と叫んでおりました。

新しいエアコンが入るまでの応急措置として石油ストーブを買ってきて、ようやく部屋が暖まってきたときの、あのほっとした気持ちは忘れられません。二月の大雪の日、停電になってしまったご家庭でも、同じような体験をした方が多々おられたのではないでしょうか。これから毎年、段々に寒さが厳しくなるようなら、暖かく過ごす工夫を真剣に考えねばなりませんね。

気候の歴史についての本などを読んでいると、時代によって、暑さや寒さには、かなりの変化があったようです。

たとえば十四世紀から十九世紀の小氷期と呼ばれるような時期に生まれた人々に

とっての冬は、いまの私たちが知っている冬よりも、遥かに厳しく、寒かったようですね。

『トムは真夜中の庭で』というイギリスの児童文学が私は大好きなのですが、その物語の中で、凍結したテムズ川の上でスケートを楽しむ場面があって、びっくりしたことがありました。一八一四年頃までは、実際に、そういう光景が見られたようです。

ただでさえ寒冷なヨーロッパ、火力の強い石油ストーブもエアコンもない時代、冷たい石の建物の中で小氷期を過ごした人々は、いったいどうやって暖をとっていたのだろう。そんなことを気にしながら旅をすると、古城にも様々な冬の工夫が施されていたことが見えてきます。

もちろん、どんな城でも、大広間などには大きな暖炉がドーンと据《す》えられているのですが、隙間風が吹き込めば寒さは防げませんし、石の壁は容赦なく冷えて、外の冷気を部屋の中へ運んできます。

中世の館や城の壁にかけられている、どっしりと分厚いゴブラン織のタペストリーは、美しい装飾品として目を楽しませただけでなく、壁から伝わってくる寒さを少しでも和らげ、室内の温もりが逃げるのを防ぐためにかけられていたというのは有名ですが、イタリア中部の城で、広間と廊下を隔てる巨大な木の扉の下半分が、もうひとつの小さな扉になっていて驚いたことがありました。

　夏は大きな扉全体を開け放ち、冬は部屋の暖気を少しでも逃がさぬよう、小さな扉から出入りをしていたのだそうです。

　その城では、城主の寝室もまた「二重構造」になっていました。寝室の中に、もうひとつ、小さな木製の寝室があったのです。ベッドが、すっぽりと、大きな木箱の中に入っているような形になっていたのでした。

　この木箱形式の二重寝室が、やがて、天蓋《てんがい》式のベッドへと変わっていくのだという説明を受けながら、ううむ、これは、穴倉の中にもぐりこんで眠るのが好きな猫気質の人間にはけっこうイケるかも、と思っておりました。

　天蓋式よりはずっとプライバシーを守れそうですしね。もっとも、パタン、と扉を閉めてしまったら、ちょっと息苦しいかな、という気もしましたが。

　ポーランドのマルボルク城でも、暖房の工夫に驚かされました。

　広間の床にいくつもの金属製の丸い栓のようなものがあったので、「これ、なんですか？」と尋ねたところ、なんと、床暖房だったのです。下の部屋でがんがん薪《まき》を焚《た》き、その熱気を上の広間に伝える工夫だとのこと。はてさて、どのくらい暖かかったのか、実際に体験してみたいなぁと思ったものです。

こうしたヨーロッパでの耐寒の工夫も面白かったのですが、いやあ、これは素晴らしいな、と感嘆したのは、イランで出会った涼をとる工夫でした。

日本の夏の暑さは、湿気が多くて、どこにいても肌《はだ》にむわっとまつわりつくようですが、乾燥した地域では、太陽が照りつけている場所はカッと暑いのに、木陰《こかげ》に入ったとたん、え？　なにこれ？　と、驚くほど涼しいものです。

イランの、砂漠に近いある街で、昼食を食べるために、大きな民家を改造したレストランを訪れたときのこと、炎天下《えんてんか》から家の中に入ったとたん、すっと涼風が肌をさすりました。

ほの暗い玄関の向こうに、明るい緑したたる中庭が見え、風が家の中をするすると吹き抜けていくように造られていたのです。

ペルシャ絨毯《じゅうたん》の上に腰を下ろして食事をしている間、鮮やかな中庭の緑が目を癒やし、心地よい、あるかなしかのそよ風に、汗ばんでいた肌はいつしか自然に乾いていました。

そういえば、イスラームの影響を強く受けているスペインの街を訪ねたときも、多くの家に中庭があって、外の喧騒からひっそりと隔絶した、その穏やかな、緑し

たたる庭に座っていると、静かな清涼感に包まれたな、と思いだしていると、ガイドさんが、

「この家には、もうひとつ、電気を使わないクーラーがあるんですよ」

と、微笑みました。

彼が連れて行ってくれたのは、玄関脇の小さな部屋でした。その部屋のタイル張りの床の真ん中には小さな水盤《すいばん》があり、丸天井《まるてんじょう》に開けられた窓から透明な光が射し込んで、水面を白く輝《かがや》かせていました。

たしかに、その小部屋の中は、ひんやりと涼しく、水盤を囲んでいる長椅子に腰を下ろしていると、身も心も穏やかに、静まっていきます。

「手を、水盤の上にかざしてごらんなさい」と、ガイドさんに言われて、手を差しだしてみて、はっとしました。なんと、水盤から冷気が立ち上っているのです。水盤と丸天井の間に、目に見えぬ涼風の柱がある……そんな感じでした。

物理に疎いので間違っているかもしれませんが、多分、気化熱を利用していたのでしょう。イランでは、気化熱を利用して涼をとるバードギール（風採りの塔《とう》）という塔を煙突《えんとつ》のように立てている住居が見られますが、あの小部屋は、いわば、その小型版だったのかもしれません。

部屋の水分を吸い取ってしまうエアコンの涼しさは身体《からだ》にこたえるものですが、水を大気に巡らせて涼をとるイランの家の小部屋は、昼寝をしたら、ぐっすりと眠れそうな、穏やかな湿《しめ》り気《け》に満ちていました。

電化製品がなくとも、人は様々な工夫をこらし、持てる知恵を存分に活かして、寒冷な時代を乗り越え、炎暑の砂漠でも、オアシスのような涼しい憩《いこ》いの場所を生みだしてきたのですね。

世界の様々な街で、様々な工夫の形を見るたびに、異常気象の時代を生きている私たちも、知恵を絞って乗り越えていかなきゃな、と思うのです。

chie
Goto

フロンティアの光

和製英語のお陰《かげ》で赤面ものの経験をした、ということ、ありませんか？　英語が苦手な私はたびたびやりました。

初めてひとりで海外に出て、居候《いそうろう》したお宅で、シャワーを浴びたあとに、髪《かみ》を乾かそうとして、あれれ、コンセントがないぞ？　と、慌てて、その家の奥《おく》さんに、「あの、コンセント、どこでしょう？」と尋ねて、「はあ？　なにを探してるって？」と、聞き返され、そうか、しまった、コンセントは和製英語で、ソケットだった！　と、気づいたことなど、いま思いだしても赤面ものの失敗を山ほどやっております。

十七歳の頃、初めて泊まったイギリスのホテルでも、えらい目にあいました。

部屋のドアの鍵が開かなくて、困り果てたときのこと。

しょうがないね、フロントの人に頼もうか、と、親友のマルキとふたりで階下に降りたのですが、かなり大きなホテルだったのに、なぜかフロントが見つからず、うろうろ探すこと数十分。

英語で話すのが怖《こわ》くて、人に聞くのを避けていたのですが、さすがにどうしようもなくなって、通りがかった従業員と思《おぼ》しきおじさんに、「すいません、ホテルのフロントに、連れて行っていただけませんか?」と、頼んだのでした。

おじさんは、なんでだ? というような顔をし、首を傾げながらも、「よし、ついておいで」と歩きだしました。

勘の良い方なら、もうお分かりのことでしょう。おじさんは、私たちをホテルの玄関まで連れて行き、外に立たせてひと言、「さ、ホテルの前《フロント》だよ」と言ったのでした。

結局、しおしおと、引率の先生のもとを訪ね、ホテルの「フロント」は和製英語で、受付は「レセプション」か「フロント・デスク」なのよ、もっと勉強しなさいね、と諭《さと》されたのですが、「フロント」という、この言葉、後に、もうひとつ、はっとする経験をさせてくれました。

私が大好きなローズマリ・サトクリフの一連の歴史物語の中に、『辺境のオオカミ』という本があります。この「辺境」、原題では、なんだと思います?

日本人が「辺境」と聞いて、ぱっとイメージするような都から遠く離れた辺鄙《へんぴ》な場所「リモート・リージョン」ではなく、「フロンティア」なのです。

フロンティアというと、多くの日本人はきっと、真っ先に「フロンティア精神」を思い浮かべるのではないでしょうか。アメリカ大陸の西部開拓時代の、あの、開拓者精神。私もそうでした。

いまだ手つかずの新天地に乗りだし、開拓していく、フロンティア精神。でも、アメリカ大陸の西部がアングロサクソン系の人々にとっては「手つかずの新天地」であっても、先住民にとっては長い年月を過ごしてきた故郷だったように、かつて、ローマ人が帝国の領土を広げていったその最前線は、常に、そこに以前から住んでいた人々と接触する地点でした。

「フロンティア」とは、まさに、その状況を示している言葉なのですね。

異なる民族が接触する最前線。自分の領域と他者の領域が出会うところ。それが「フロンティア」で、サトクリフが描いたのは、イギリスという島国に侵入してきた異民族と、先住民との出会いと葛藤だったのです。

サトクリフの書いた数々の物語の中で、私が最も愛しているのは、『第九軍団のワシ』『ともしびをかかげて』『運命の騎士』という三つの作品なのですが、前の二作は、ローマ帝国の属国となったイギリスで、ローマ人兵士としての自分と、イギリスに根づきはじめてしまった自分との間で葛藤する若者が主人公です。『運命の騎士』は、それより遥か後、イギリスがノルマン人に征服された直後の時代に生きた、ひとりの孤児の物語です。

どの作品でも、主人公と出会い、深い絆《きずな》をつくるようになる親友が描かれるのですが、『第九軍団のワシ』では、ローマ兵士であった主人公マーカスが心の絆を結ぶのは、ケルト系先住民のエスカで、『運命の騎士』では、ブリトン人（先住民系）の主人公と深い友情を育むのは、征服者ノルマン系の少年なのです。

征服者と先住民。異なる故郷、異なる文化、異なる思い、異なる事情を抱《かか》えた人々が出会い、葛藤し、傷つき、それでも、手を伸ばしあう……。私は、そういう物語に深く心惹かれたのでした。

ローマ皇帝の命令によって、辺境の地――ローマの領土と異民族の領土の境界に築かれた石積みの壁「ハドリアヌスの北壁」。

その北壁に連なる、もう草に埋もれ、低い残骸《ざんがい》と成り果てた石の上に立って、茫々《ぼうぼう》とうねる緑の草原と、灰色の空を渡ってくる風に吹かれていた十七の私は、ぼんやりと、過ぎ去った時に思いを馳《は》せただけでしたが、やがて、大人になり、オーストラリアの赤い大地に立って、イギリス系の白人たちと先住民アボリジニの葛藤の中に身を置き、その様々を学ぶようになったのは、多分、あの物語たちとの出会いがあったからなのでしょう。

サトクリフは、実に容赦のない厳しい物語を紡いだ人ですが、でも、その物語の中には、いつも、闇《やみ》の中の、小さな灯火《ともしび》のように、ひっそりと「願い」が輝いています。

ローマ兵士として育てられ、百人隊長としてケルト人と戦ったこともあるマーカスという若者が、闘技場で命を救い、奴隷として買ってきた、誇り高き先住民の若者エスカと、ゆっくり、ゆっくり、手探りで友情を育んでいく過程が、私はとても好きなのですが、後に読み返してみて、はっとした場面があります。

「ローマが与えたものは、いいものではなかったのかい？」とマーカスがエスカに尋ねます。「正義、秩序、それによい道路、みんなもつ価値のあるものばかりじゃないか？」と。

このマーカスの問いに対して、エスカは答えるのです。「たしかにそれはいいものです。だがあまりにも代償が高すぎました」と。

それは、自由のことか、と聞くマーカスに、エスカは、「ほかにもあります」と答えるのですが、そのとき、マーカスが尋ねるのです。

「ほかにもあるって？　それは何だ、エスカ、教えてくれ、知りたいんだ。おれは理解したいんだよ」と。

エスカは、ケルト人が作った楯《たて》の模様を見せながら、自分たちが奪われたものは、生き方であり、暮らしのすべてを支えていたものであったことを説明するのですが、サトクリフは、その後に、こう書いているのです。

「ふたつの異なる世界をへだてるはかりしれない距離があるのだ。しかし、ひとりひとりの人間についていうなら、（中略）このへだたりはせばめることができ、そのへだたりを越え互いに触れ合うことができるようになる」と。

私はここを読みながら、涙が滲んでくるのをこらえられませんでした。

十代の頃、初めて読んだときにも胸を打たれた場面でしたが、二十年近く、オーストラリア先住民と過ごして、白人と先住民それぞれがもつ、様々な葛藤を間近で見てきたいま、サトクリフというひとりの作家が心に持っていた「願い」が、痛いほど響いてきたからです。

多民族との共生――その豊かさと難しさを、この人はよく知っていた。

ひとりひとりの人間同士なら越えられる隔《へだ》たり。それが、集団になると、とたんに、どうしても越えられぬ深い大河になってしまうことを、彼女はほんとうによく知っていたのでしょう。

『獣の奏者』でも「守《も》り人《びと》」シリーズでも、私の心の底にあったのは、群れとしての人の姿でした。これまで経験してきたすべてが私を捕《と》らえていて、安易な融和の夢を見ることを許してくれません。それでも、心の底には、ひとつの「願い」が小さく光っています。

フロンティアは「辺境」でも「衝突の場」でもなく、「出会いの場」であってほしい。そこに道を浮かび上がらせるものは、剣《けん》ではなく灯火であってほしい。

そういう、小さな、願いが。

世界の半分

うす紅や真紅のバラが咲き、緑陰《りょくいん》に涼《すず》やかな風が吹く公園のあちらこちらに、多くの家族連れが、携帯コンロまで持《も》ち込《こ》んで、お茶を飲み、お菓子や、手作りのお弁当料理を楽しんでいる。

子どもたちとその親、祖父母や親戚《しんせき》とおぼしき人たちが、のんびりと芝生《しばふ》に寝転び、あるいは談笑している。……これ、どこの国の光景だと思われますか？　実は、イランなのです。

イランを旅したとき、休日や夕暮れどきなどによく見かけた光景で、その人々の穏《おだ》やかな、のんびりと寛《くつろ》いでいた感じが、いまも鮮《あざ》やかに目に浮かびます。

女性は髪を隠し、肌の露出をせず、なるべく身体のラインがあらわにならない服を着る。そういう規範を、自国に訪れる外国人にも課す国ですから、私たちは飛行機の中にいる間にスカーフを巻き、髪を隠して入国しました。

外国人にまで窮屈な規則を押し付けてくる国だから、さぞや国の中はピリピリしているのではないか、女性たちは男たちの後ろに隠れ、他者との接触を避けているのではないか、などと思っていたのですが、実際にイランの中を旅するうちに、その先入観は、つぎつぎにひっくりかえされていきました。

公衆トイレに並ぶやいなや、全身を黒いチャードルで包んだイラン女性たちが、「あら！　韓国人？」と英語で話しかけてきたので、「いえ、日本人です」と答えると、「わ！　ほんと？　私、『おしん』大好きなのよ。あれは傑作よね。日本でも評判がいい番組だっていうけど、ほんと？」とか、「イランの印象どう？」など、明るい表情で、どんどん会話を進めていくのです。

男性がいない場所だから？　と思ったら、そんなこともなくて、カップルで歩いている若者たちなども、実に気さくに話しかけてきます。

ある宿に泊まったときのこと。お昼までは少し間がある頃に、部屋の外から、楽しげな声が響いてくるので、何事だろう、と戸を開けると、学校行事で訪れたらしい、十二、三歳ほどの少女たちが、澄んだ水が流れる水路沿いの芝生の上に座って、お茶を飲み、お菓子をつまんで、おしゃべりをしていました。

母と私に気づくや、少女たちは、ぱっと立ち上がり、にこにこ笑いながら駆け寄ってきて、私たちを囲み、「どこからいらしたのですか？」「日本人？　私、日本人に会うのは初めてです」などと、盛《さか》んに話しかけてきました。

みな、驚くほど礼儀正しいけれど、はちきれそうな好奇心できらきらした目をして、頰を上気させ、お茶やお菓子を、どうぞ、どうぞ、と勧めてきます。

「日本では、漢字で名前を書くそうですね。漢字って、どんな風に書くのか、見せていただけませんか？」と頼む子もいれば、ためらいがちに手を差し伸べて、「あちらに、花がとても綺麗なお庭があるんです。座っておしゃべりしませんか？」と誘ってくれる子もいます。

つややかな頰をした少女たちにねだられて、母は、少女たちの名前を聞いては、彼女たちが差しだす可愛《かわい》いノートに漢字で名前を書いてあげていました。

世界の様々な土地を旅しましたが、これほど率直《そっちょく》に、しかし礼儀正しく、どんどん話しかけてくる少女たちに会ったことはありませんでした。

彼女たちは女子中学生で、先生は女性だけ、とのこと。男子は男子中学に通い、先生は男性。そういう性別による明らかな分離はありますし、ツアーバスでも、運転手は一定の距離を走るとバスを停《と》めて、走行記録を提出せねばならず、経済制裁による物資調達の難しさからか、道路沿いには、延々と、車やバイクの修理店が並ぶような、不自由な面も見え隠れします。

それでも、少なくとも「観光客」である私が受けたイランの印象は、びっくりするほど明るく朗《ほが》らかで、清浄でした。

乾ききったザグロス山脈の麓の地面には点々と穴が開いており、覗き込むと、チャプチャプと音をたてて流れる水が見えます。これが「カナート（地下水路）」で、乾燥《かんそう》した地面の底には、豊かな水が流れているのです。

赤茶けた岩山の麓の道を走るうちに、遠く、幻のように緑が見えたかと思うと、いきなり、壮麗なオアシス都市が現れます。かつて「世界の半分」と称えられた、ササーン朝ペルシャ時代からの古都イスファハーン。

ザーヤンデ・ルード（命を与える河）に沿って築かれたこの古都は、したたるような緑と花に囲まれた、整然と美しい都で、いまもなお、往時の繁栄の谺《こだま》を遠く響かせています。

ここでも、夕暮れ時には、水の香りのする涼風《りょうふう》に誘われたように、庭園に集まって、のんびりと過ごす家族連れの姿が見られました。

イタリアやギリシャでは、老いた母を連れていると格好のカモに見えるのか、よく掏《す》りに狙われ、哀しく腹立たしい思いをしましたが、イスファハーンでは、母とふたりで歩いていても、危険を感じることもなく、ちょっと道に迷ったかな、という顔をしたとたん、道の両脇《りょうわき》に並んでいる店から、おじさん、おばさんが、「大丈夫？　道にでも迷ったかい？」と、声をかけてきてくれます。

どんなに平和に見えても、異国では油断は禁物。そう思いながらも、つい、気が緩んでしまうのは、道行く人たちの表情が穏やかだったからなのでしょう。

砂漠の中に、突如現れる、壮大なペルセポリスの遺跡の、息を飲むような見事さ、詩人の廟《びょう》に咲き乱れるバラの美しさ、女性たちの積極性、街で物乞いを見かけないこと……様々な「意外さ」が、心の中に降り積もり、私は、ガイドをしてくださった中年男性に、そんな感想を打ち明けました。

すると、彼は、苦笑をしながら、こういう話をしてくれたのです。

「以前にも、日本人観光客を案内して、イランの国内あちらこちらを巡《めぐ》ったんですよ。二週間ぐらいだったかな。

そのとき、イラン・イラク戦争の生々しい傷跡が残る建物などもお見せしてね、様々に、イランという国について説明したんです。みんな、良《い》い方ばかりでね、楽しい旅だった。

でも、最後の最後、全旅程が終わって、これでお別れ、というとき、ある日本人男性が、ぼくの肩を叩きながら、こう言ったんですよ。

――『フセインさんに、よろしくな』って……。

二週間ですよ。二週間。ぼくは、一生懸命説明した。イラン人はペルシャ民族で、イラク人はアラブ民族。イランとイラクはまったく違う国で、血みどろの戦争をした、と。それなのに、彼の頭の中では、相変わらずイランとイラクは、ま、おんなじような国……だったのかと思うと、哀しかったですよ」

赤面してしまいました。私もまた、似たような感覚で、ずっと生きてきましたから。炎暑《えんしょ》の砂漠の底を滔々《とうとう》と水が流れているように、あるいは、乾ききった岩山の陰から、いきなり緑したたるオアシス都市が現れるように、初めて見たイランは相反する光景が共存する国でした。

そのことに驚きつづけたのは、私の心の中に、この国に訪れる前に、確固としたこの国のイメージが作られていたからなのでしょう。

観光で目にすることなど、ごくごく限られたことに過ぎません。それでもなお、イランで感じたあの驚きを、覚えておきたいな、と思いました。

私はきっと、いつも、世界の半分を知らないまま生きている。そのことを、忘れないために。

chie Goto

十七歳の夏からの遠い旅

今年の春、三月二十四日の夜中の十一時半に、遠いイタリアから吉報《きっぽう》が舞い込んできました。国際アンデルセン賞の作家賞受賞が決まった、という、信じられないお知らせを聞き、その直後に、朝刊の締切に間に合わせるために待機しておられた新聞二社の取材を受け、家族や友人、編集者さんたちと歓びを分かち合い、ようやく床《とこ》についたのは、そろそろ夜明け、という頃でした。

もちろん、眠れません。疲《つか》れているのに、眠れない。布団《ふとん》に横たわって目をつぶり、頭の中を行き来していく様々な思いを追ううちに、一筋の光のように、くっきりと浮かび上がってきた思いがありました。

それは、生まれてからこれまで出会ってきた人々や出来事、読んだ本、そして、やってきたあれこれ、そのすべての、どれかひとつが欠けても、多分、この夢のような吉報を受けることはなかっただろうな、という思いでした。

『物語ること、生きること』という本にも書いてありますが、私は生来の弱虫です。超がつく怠け者で、日々散らかり続ける家に、相棒はため息をついていますけれど、私にとっては、散らかっていても居心地のよい我が家でありまして、そこでのんびりしていれば満足なのです。変化は苦手、お布団にもぐりこんで、好きな本を読んでいられたら幸せ、という人間です。

それでも、心のどこかに、そういう自分を恥じる気もちがあって、これまでの人生の中で、「えいやっ!」と、自分に掛け声をかけて、思い切った変化の波に飛び込んでいったことが、何度かありました。

高校生の頃、初めてイギリスとフランスを旅したこと。文化人類学を学ぶ道を選び、沖縄やオーストラリアのフィールドに旅立ったこと……犬も歩けば棒に当たる、と言いますが、自分の家を飛び出して、外に出て行ったことで、ぼかん、ぼかん、とぶつかった、あれやこれやが、心の中にたくさん溜《た》まり、熟成し、物語を芽吹かせる、大切な土壌になってくれたのです。

外に出て行く経験、ということでは、母の存在も、大変大きなものでした。私の母は、身長一四八センチぐらいのミニサイズですが、好奇心は多分、身体《からだ》の数倍はあります。なにしろ、八十を過ぎた今年も、ギリシャでロバに乗っていたほどですから。

いくつになっても好奇心で目をきらきらさせている母を楽しませたい、という気もちで始めた年一回の海外旅行も、気がつけば、すでに二十年以上も続けていて、訪れた国も二十を超えました。ごく短い期間の海外旅行でも、異国に行けば、思いもかけなかったこと、そうなのか！　と驚くことに、多々出会うことができます。そして、それらの経験もまた、私が書く物語を実に豊かに彩ってくれているのです。

もちろん、旅に出れば、楽しいことばかりではなく、辛いことや、腹立たしいことにも、多々出会います。

一昨年、ヴェネチアで、母のカメラを鞄《かばん》にしまおうとチャックを開けた瞬間に、財布を掏《す》られたことなどは、旅先で味わった嫌な経験の代表格でした。

掏られた当初は、哀しいやら腹が立つやらで辛かったのですが、やがて、目の前で掏られたのに、手も見えなかった、その神技のことを書いてみたくなって、「小説現代」に依頼《いらい》されたコラムに「見えざる手の持ち主は？」というお話を書かせていただきました。

このコラム、意外にあちこちで読まれていたようで、小川洋子《おがわようこ》さんに、「上橋さん、掏りにやられちゃったの、大変でしたね」と慰《なぐさ》められて、びっくりしたりしましたが、このコラムを書いたことで、講談社の編集者さんたちから、エッセー書きませんか？　と頼まれてしまったのでした。

そのとき、私は物語の執筆で苦しんでいました。

スランプに陥《おちい》ったとき、私はひたすら、愚直に、執筆をし、駄目だと思った原稿は捨てる、という作業を繰り返します。脇道に逸《そ》れると、余計に物語が頭の中におりてきてくれなくなるので、気が散るのが怖くて、新刊本なども読めなくなってしまいます。

ですから、ふつうなら、「いや、いま、他の仕事は出来ません、ごめんなさい」とお断りする場面だったのですが、そのときはなぜか、エッセー、書きたいな、と、思ったのでした。

ちょうど母が、ひどい帯状疱疹《たいじょうほうしん》で入院し、その看病で大騒ぎをしていた時期で、物語の執筆に専念することができず、悶々《もんもん》としていたということもありましたが、これまで旅をしてきた日々のことを書いてください、と言われたとき、からっと明るい異国の空が見えて、気もちの良い風が頰《ほお》を撫《な》でたような心地になったのです。

書いてみようか、と思いました。

十七の夏に初めて異国の風を頰に受けてから、いままでの間に、旅をした国々、見上げた空のこと、出会った人々のやさしさ、胸に去来した様々な思い……それらが私を支えて、育み、ここまで連れてきてくれたことを、書いてみようか、と。

そういう思いから、「小説現代」で連載を始めたのが、「明日は、いずこの空の下」というエッセーだったのです。

この本には、私の人生のあれこれがつまっています。

刊行される九月には、メキシコシティへと旅をし、世界各国から集まってくる作家や編集者、評論家、研究者など、本に携《たずさ》わる人々の前で、国際アンデルセン賞作家賞受賞のスピーチをすることになりますが、まさしく、明日は、いずこの空の下……この先も、私は、様々な空を見上げながら、旅をしていくことになりそうです。

この本が世にでるまでには、本当に様々な方々にたすけていただきました。

エッセーを書いてみませんか、と声をかけてくださった講談社の長岡香織さん、「小説現代」の担当編集者で、一年半にわたる連載を二人三脚で走ってくださった王伶舒さん、その連載を一冊の本に生まれ変わらせてくださった川崎萌美さん、素敵なイラストでエッセーを飾ってくださった後藤知江さん、エッセーのネタになることを快く承知してくださった我が恩師、青柳真智子先生、我が親友マルキこと原田由美子さん、ひよしペインクリニックの橘先生、オーストラリア在住の和子さん、沖縄のおじい、おばあをはじめ、世界各地で私をたすけてくださった多くの方々、尽きることのない好奇心で、あそこへ行きたい、ここへ行きたいと世界中ひっぱりまわしてくれる母と、八十三歳の今年描きあげた絵で、この本の表紙を飾ってくれた父、いつも私を支えてくれている相棒と弟、家族のみんなに、この場を借りて、心から御礼を申し上げます。

本当に、どうもありがとうございました。

平成二十六年七月　我孫子にて

母がくれた身体で、明日も　～文庫あとがき～

本書を読み返してみると、私はなんと幸せな日々を過ごしてきたのだろう、という思いが胸に広がります。

その思いは、深い哀しみを伴っているのですが。

一緒に世界中を旅した母は、昨年（二〇一六年）の十一月一日に、この世を去りました。

幼い頃から、私は、何につけても、やがて家族と別れる日が来ることを思って生きてきました。いずれ消え去るすべてのことに、どう向き合えばいいのか、いまも考え続けています。

でも、考えているあいだにも時間は容赦なく過ぎてしまいますから、とりあえず、一緒にいられるうちに、共に過ごせる時を楽しもう、と、母が行きたいと望むところへ、毎年出かけて行きました。

「母ちゃん、生きてるうちだよ」

「そうだねぇ」


という会話を、いったい何度したことでしょう。

母を初めて海外に連れ出してから二十六年、一緒に旅した国々は二十ヵ国以上。とても楽しい日々でした。

私が何かを成し遂げるたびに、芯からうれしくて、うれしくて、満面の笑みで、パチパチと拍手をしてくれた母の、あの純粋な喜びこそが、私にとっては生きる糧でしたから、いまの虚《うつ》ろさは、何をもってしても埋めることはできません。

ごく当然のことですが、いかに幸せに暮らしても、「その日」が来た後の哀しみからは逃れられませんし、また、逃れる必要もないのでしょう。

かなり進行した肺腺がんであることを知っても、母は生きる希望を失いませんでした。抗がん剤治療をしながらも、

「旅行ができるようなら、またイギリスに行きたいねぇ」

と、言ったので、

「よっしゃ！　連れてったる」

と、個人旅行の計画を立て、母がずっと行きたいと言っていたウィリアム・モリスのレッド・ハウスや、オックスフォード、トールキンとルイスが、『指輪物語』と『ナルニア国物語』を朗読したという伝説のパブ「鷲と子ども亭」、コッツウォルズ地方などをゆっくり巡りました。

そのとき、母は八十二歳。

母が亡くなった直後、医師が、実は最初に診た頃は、半年か、よくても一年もつかなと思っていた。お母さまは本当にすごく頑張られた、と、おっしゃっていたほど進行の早い、厳しい肺腺がんで、見つかったとき、すでに縦隔リンパにも大きな転移がありました。

それでも、母は元気でした。アリムタという抗がん剤の副作用で涙がとまらなくなり、瞼《まぶた》が腫《は》れていても、疲れやすくて、休み休み動かねばならなくても、ガイドさんに質問し、メモをとりながら、楽しそうにオックスフォードの街を一時間近く散策していました。

イギリスの古い館の庭で、美しく咲く色とりどりの花に囲まれて、

「ああ、きれい！」

と、無邪気な笑みを浮かべていた、その明るい顔を、いまも、よく思い出します。

人生の終わりが近づいていることを感じていながら、それでも普通に日々を過ごし、最後まで好奇心を失わずに生きた母の、あの笑顔が、私に、自分の人生を最後まで生きることのリアルな美しさを見せてくれました。

母は余命予測を三倍以上超えて生き、最後まで自分でトイレに行って、きれいな外見を保ちました。亡くなる前日の朝も、ちゃんと座って朝食をとり、オートミールに温かいミルクとお砂糖をかけて、「がんばらなくっちゃ」と食べていました。

母が旅立ったのは午後六時ちょうど。聖路加《せいるか》のチャペルの鐘が鳴りはじめ、雨上がりの空が透きとおった金色に輝いていました。

小さな身体から解き放たれた母は、きっと今頃、私が連れて行ってあげられなかった北欧などを、思う存分見てまわっていることでしょう。

私はまだ空の下にいて、もうしばらく歩き続けなくてはなりません。でも、まあ、なんとか歩いて行ける気がしています。根性もんの母がくれた、この小さな身体で、背をしゃんと立てて、笑顔で！

平成二十九年九月十八日　母の八十四度目の誕生日に、日吉本町にて

トールキンとルイスが
集った伝説のパブ
「鷲と子ども亭」にて母と。

絵・上橋菜穂子

異国の空の下

イギリスのケンブリッジでの研修旅行。憧れのボストン夫人と「緑の鹿」。

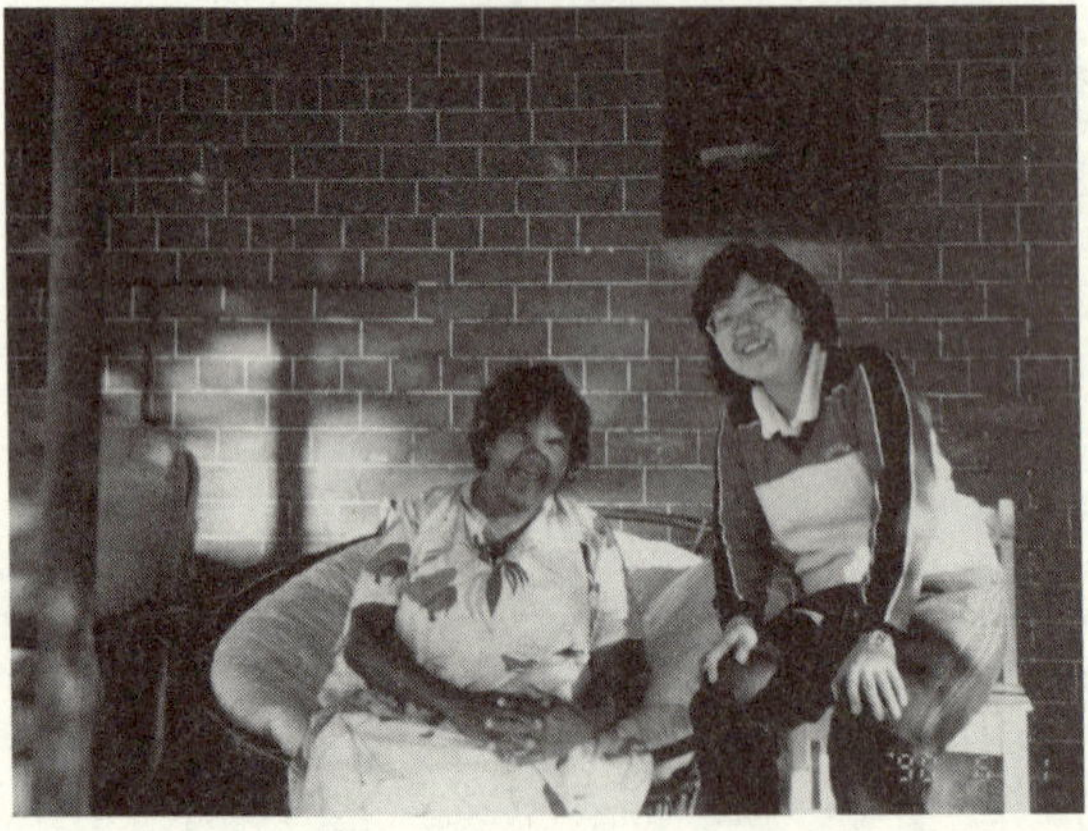

オーストラリアでのフィールドワーク。ローズマリおばさん（仮名）とともに。

イランの古都にて。好奇心旺盛な母と旅した国々は20か国を超える。

ギリシャのサントリーニ島にて。今年もそしてこれからも、旅の空は広がっていく。

本書は、二〇一四年九月に小社より刊行されたものです。

|著者|上橋菜穂子　1962年東京都生まれ。川村学園女子大学特任教授。オーストラリアの先住民アボリジニを研究。野間児童文芸新人賞、産経児童出版文化賞ダブル受賞の『精霊の守《も》り人』を始めとする「守り人」シリーズ、『狐笛のかなた』『獣の奏者　Ⅰ～Ⅳ』『獣の奏者 外伝 利那』ほか著書多数。2009年、英語版『精霊の守り人』で米国バチェルダー賞、'14年「児童文学のノーベル賞」といわれる国際アンデルセン賞作家賞、'15年『鹿の王』で本屋大賞を受賞。エッセイ・対談に『物語ること、生きること』『物語と歩いてきた道』『ほの暗い永久《とわ》から出でて』(共著) などがある。

明日《あす》は、いずこの空《そら》の下《した》
上橋菜穂子《うえはしなほこ》

講談社文庫
定価はカバーに
表示してあります

2017年12月15日第1刷発行

発行者――鈴木　哲
発行所――株式会社　講談社
東京都文京区音羽2-12-21　〒112-8001
電話　出版 (03) 5395-3510
　　　販売 (03) 5395-5817
　　　業務 (03) 5395-3615

デザイン―菊地信義
本文データ制作―講談社デジタル製作
印刷―――豊国印刷株式会社
製本―――株式会社国宝社

Printed in Japan

ISBN978-4-06-293787-0

講談社文庫刊行の辞

二十一世紀の到来を目睫に望みながら、われわれはいま、人類史上かつて例を見ない巨大な転換期をむかえようとしている。

世界も、日本も、激動の予兆に対する期待とおののきを内に蔵して、未知の時代に歩み入ろうとしている。このときにあたり、創業の人野間清治の「ナショナル・エデュケイター」への志を現代に甦らせようと意図して、われわれはここに古今の文芸作品はいうまでもなく、ひろく人文・社会・自然の諸科学から東西の名著を網羅する、新しい綜合文庫の発刊を決意した。

激動の転換期はまた断絶の時代である。われわれは戦後二十五年間の出版文化のありかたへの深い反省をこめて、この断絶の時代にあえて人間的な持続を求めようとする。いたずらに浮薄な商業主義のあだ花を追い求めることなく、長期にわたって良書に生命をあたえようとつとめるところにしか、今後の出版文化の真の繁栄はあり得ないと信じるからである。

同時にわれわれはこの綜合文庫の刊行を通じて、人文・社会・自然の諸科学が、結局人間の学にほかならないことを立証しようと願っている。かつて知識とは、「汝自身を知る」ことにつきていた。現代社会の瑣末な情報の氾濫のなかから、力強い知識の源泉を掘り起し、技術文明のただなかに、生きた人間の姿を復活させること。それこそわれわれの切なる希求である。

われわれは権威に盲従せず、俗流に媚びることなく、渾然一体となって日本の「草の根」をかたちづくる若く新しい世代の人々に、心をこめてこの新しい綜合文庫をおくり届けたい。それは知識の泉であるとともに感受性のふるさとであり、もっとも有機的に組織され、社会に開かれた万人のための大学をめざしている。大方の支援と協力を衷心より切望してやまない。

一九七一年七月

野間省一

小沼 丹
藁屋根
解説=佐々木 敦 年譜=中村 明
大寺さんの若かりし日を描いた三作と、谷崎精二ら文士の風貌が鮮やかな「竹の会」、チロルや英国の小都市を訪れた際の出来事や人物が印象深い佳品が揃った短篇集。
おD10
978-4-06-290366-0

丹羽文雄
小説作法
解説=青木淳悟 年譜=中島国彦
人物の描き方から時間の処理法、題の付け方、あとがきの意義、執筆時に適した飲料まで。自身の作品を例に、懇切丁寧、裏の裏まで教え諭した究極の小説指南書。
にB2
978-4-06-290367-7

徳田球一／志賀義雄
獄中十八年
解説=鳥羽耕史
非転向の共産主義者二人。そのふしぎに明るい語り口は、過去を悔いる者にはあまりに眩しく、新しい世代には希望を与えた。敗戦直後の息吹を伝えるベストセラー。
とK1
978-4-06-290368-4

講談社文庫　目録

2017年10月15日現在